山羊、老鷹，還有我的帕加尼

李崇建、甘耀明 著
貓魚 —————— 繪

作者序

具有創造力的帕加尼，擺脫苦悶的人生

文／李崇建

我中學時期成績不佳，不是我不想努力，是我無法專注學習。在學校的日子渾渾噩噩，上課時多半聽不懂，我不知道能怎麼辦？

學校過得並不如意，家裡也並不安寧，父母之間常有爭執，我更感到日子苦悶。好長一段時間，我羨慕幸福的家庭，也羨慕成績好的同學，這些夢想我都無法得到。

我的生活還是有樂趣。我住在臺中旱溪旁邊，旱溪的水有時乾枯，有時是豐水的狀態，那條溪是我的藏寶庫。我在溪裡抓各種魚：鯽魚、吳郭魚、溪哥、泥鰍、鯰魚、蝦子、螃蟹……，抓魚的時光很療癒，讓我忘卻所有煩惱。

旱溪有很多攔砂壩，就像一方小湖泊，我撿來大型保麗龍當船，在攔砂壩上泛舟，想捕捉秋天優游的鴛鴦，但是我從來沒有得逞，鄰居卻抓來一隻老鷹，滿足我抓飛禽的願望，我渴望得到優游的自由，抓鳥抓魚讓我接近自由的感覺。

當時我有一個好朋友，是一頭黑色的山羊，那是我人生第一隻寵物，我常在清晨帶牠去散步。牠沿著旱溪旁吃草，也吃鄰居家的菜園，還吃掉垃圾場的垃圾，也吃掉我學校的作業，我覺得山羊解決了我的痛苦，讓我得到了短暫的自由。

我在旱溪編織我的夢，也幻想在都市裡奔馳，幻想有朝一日駕著跑車，那種很酷很炫的跑車，奔馳在人生的跑道上。

我的學生生涯是個「魯蛇」，家庭生活也很掙扎，只有旱溪的回憶陪伴，還有不切實際的夢想。這些美好的回憶與夢想，給我大量的自由與創意，成為我生命中重要的養分，支持著我成長與自我實現。

我想將過去的生活經驗，創意與自由的生命養分，幻化成故事給青少年，也許能為成長中的青少年，帶來一點兒勇氣與夢想，帶來一點兒安慰與歡笑，帶來臺灣生活環境的認識，也能成為心底創造的力量。

因此我邀請甘耀明，一起寫這本少年小說。他是傑出小說家，是說故事的頂尖高手，他也擁有河川的記憶，也長期住過臺灣鄉間，也曾是苦悶的青少年。

我們的合作很有趣，對於青少年的世界，充滿著各自的圖像。最初，我寫了八千字故事，丟給耀明審閱修改，沒想到他全部丟棄了，重新以他的視野詮釋，帶著科幻與武俠的素材，他一口氣寫了八萬字，卻不是我想要的面貌。

我沒有採用他的創作，卻又重新寫了故事，我們經歷了漫長討論，我寫了近三萬字之後，耀明著手創造與修飾，我再潤飾修整完成，完成了這本《山羊、老鷹，還有我的帕加尼》。

很少人合作寫一本小說，因為每個人都有自己的視角，也有自己的創作品味，但是我想跟耀明合作，讓他協助我的想法成形，除了他的說故事技巧，更因為我們是好朋友。我想嘗試兩人合作創作，我們曾經合寫教育書，也合作寫過兩本童書，都是有趣的創作實驗，也是極為不易的創作過程。

我與耀明完成了《山羊、老鷹，還有我的帕加尼》，希望曾經苦悶的青少年，看了這本少年小說之後，能感受到一點兒歡笑，感受到一點兒被理解，感受早溪早年的面貌，編織屬於自己的夢想與自由，體驗開著帕加尼超級跑車，駛向富有創造力的人生。

作者序

河流悠悠

文／甘耀明

我還記得這件事，陽光燦爛的日子，開車剛過臺中郊區的旱溪要右轉，沿著堤防邊的巷道拐來拐去，穿過幾片荒蕪，穿過幾幢舊屋，便到崇建家找他閒聊幾句。旱溪是臺中重要的血脈，灌溉了這片土地，我總是不曾多想的匆匆瞥過，倏忽間想起什麼時，崇建已搬離了那裡了。

旱溪對我而言是陌生的，自從崇建搬離那裡，我離旱溪更遠了，遠得彷彿像是她的名字——在我心中乾旱了。雖然崇建跟我表示，我經過的旱溪不是他生活與書寫的旱溪，但我總是美麗的誤會那是他童年的溪流，特別是經過那條溪時感受更強烈。溪流悠悠，波光粼粼，從未消失，我不熟悉的旱溪常常出現在崇建的文章裡，會這樣得話說從頭。我與崇建合作過幾本書，就像既往的搭檔模式，他先寫出稿子，我再來修改。我發現，凡是崇建寫到童年記憶或冒險題材，不時出現一條河流，一條雨後滾滾翻騰或陽光下靜靜流淌的旱溪，化成一枚枚文字堆積的淺灘，隨風吟唱。

《山羊、老鷹，還有我的帕加尼》在我電腦的初稿名為「特別的人」，這真的好特別，在它變成文字之前，我跟它相遇過好幾次。沒錯，是聽崇建講的。崇建講故事的魅力很少人能超越，舌粲蓮花，飛鳥過林，一個普通到不行的角色，別說在他舌頭上翻幾滾，哪怕只是在他舌尖過水，他都能講成轟動武林的大事。他上輩子應該是鄉間榕樹下或城市天橋下的說書人，轉世時，仰頭吞飲孟婆湯，舌頭沒有沾到忘川的湯水，如今還活蹦亂跳，活出上輩子的精神。

說書是藝術，寫書又是另一門藝術，這之間的間距，崇建應付得宜。

《山羊、老鷹，還有我的帕加尼》的初稿仍是精采無比，即使沒有舌粲蓮花的跌宕，仍是飛鳥過林的迷人。初稿故事，寫的仍是名叫張家豪少年，面對家庭破碎，有幸得到外公的陪伴，並且透過老鷹大便畫圖，比賽得獎，建立自信。不過，我認為初稿小說時間軸，效率可以再提升，也就是除了主角張家豪目前的生活挫折，他還有意無意透過房間的特別門縫，看到自己的外公小時候的調皮生活。小說得處理回憶，又要處理現在事件，得兩邊移動，這不是不行，但是張力不高。我的方法就是全部變成了現在時序，於是只活在張家豪記憶中的養羊外公，便活生生騎羊來了，敲門來到主角家中。

這工法，是把回憶、現在的兩件事放在機器裡打散，處理起來像是製作多重舌韻的手搖杯飲料。這大約花了我半年時間，才把這件事搞定，成品接近各位手中捧著的這本書。尤其我寫得燒腦時，搞不清楚哪部分是崇建原稿，哪部分是我新摻入，我想讀者也不會細分，到底這是誰的點子、那是誰的想法？分辨了也沒有太大意義，這像是我們品嚐一道菜餚，也無法精確說出食材、醬料的產地，是吧？

毫無疑問的，崇建童年擁有的溪流，離鄉後便下載在記憶中繼續流動。旱溪意象流動在崇建的不少故事中，也流過他枕下的夢境，不然不會如此勾魂。我也有自己童年生長的河流，那是在遙遠的深山，無論脾氣與風情，迥異於崇建的旱溪。但是藉由《山羊、老鷹，還有我的帕加尼》，我走進旱溪，想像河岸叢草與溪鳥互映，想像落日孤煙的美好，河流悠悠，奔流不息，我淺淺交錯而過的旱溪，終而在這本書中深深重逢了，並且優游溪上。

導讀

轉破壞為創造的嚮往與跨越——讀《山羊、老鷹，還有我的帕加尼》

文／國立臺東大學兒童文學研究所副教授 黃雅淳

以童年為敘事核心的文學創作必然朝向當代兒童生存現實的真實呈現與開放，它也必然通過種種方式，向我們展示或暗示著對於成年世界的批判和期待，並且呈現少年主角與現實世界碰撞、錯位與交融的歷程。

本書作者長期推廣薩提爾成長模式，立足於對少年生命的關懷，以幽默戲謔的情節構思與語言機鋒，召喚讀者進入主角家豪的心靈世界，陪他經歷一段在「衝突」與「和諧」、「封閉」與「敞開」間的螺旋成長。

缺席的父母

父母在兒童的成長與生活中擔任重要的角色，特別是父親的意象在少年小說有著深刻的意義。常有人說，父親決定家庭的高度，母親決定家庭的溫度。然而，本書中的父母在主角張家豪的成長中卻是缺席（absence）的，他們以各種方式「不在場」（not present）或「在別處」（at another place），並未在主角的成長中承擔起精神指引和協助的功能。父親不僅從小就以家豪的課業表現不符期待而羞辱、貶抑家豪，「你神經啊你」、「你智障啊你」、「你有病啊你」、「你沒救了你」等語言暴力是日常的發語詞，而離婚後也選擇帶走學霸的弟弟，而非身為長子的家豪。文本中的母親形象亦十分模糊與空白，在多次父親對家豪的暴怒攻擊與言語羞辱中並未出聲保護，或為他辯解，以工作忙碌或沒有聲音的形式「不在場」。

作者對父母形象刻意的扁平化與未加命名等安排耐人尋味，此或許也更加突顯了家豪在家中的孤獨與父母長期的情感忽視。未被命名的父母呈現的是一種集體而普遍的形象，突顯出這種父母並非不愛你，卻又讓人傷痕累累的「假性孤兒」普遍的存在現實中。這些承受著原生家庭童年忽視與隱性虐待的「家豪們」如何走出青春期的茫然與自我懷疑？如何消解明明「渴望愛」又害怕受傷害的情緒？於是作者安排了特異獨行的外公與作為祖孫自性象徵的山羊與老鷹現身。

「協助見證者」的智慧老人

外公是在家豪最困頓的時刻，陪在身旁，真正給予他引導與影響的人。兒童心理學家愛麗絲．米勒在她長期對童年創傷的研究觀察中提出「協助見證者」的重要性：

（他們）不會以教育為由去操控孩子，而是信賴他們，讓他們感受到自己並不壞、自己是值得獲得善意對待的。

她指出了兒童成長過程中，情感的支持比物質的滿足更重要。當家豪被父親「放棄」，他需要一個成熟的智者，作為精神之路的引領人，而因為父母離婚暫住家中的外公，在他的生活中扮演著精神之父——生理父親的替代者，也是徬徨少年尋找心理寄託的一種過渡。

相對於父母身型樣貌模糊，作者對外公形貌性格的細膩描寫，用意十分明顯。文中對外公的身影多次以具動漫「既視感」的細筆刻劃，如首次出場時的特寫畫面：

小巷弄浮出一個人影，他騎著奇特的「交通工具」，慢慢朝我走來。原來是外公來了，他叼著一根草莖，騎著一頭大山羊，羊脖子的銅鈴響噹噹，後頭跟著兩頭小山羊，馱著快要爆出來的行李，簡直是搶眼的馬戲團。

這個「儘管受到路人的指指點點，也無損於他的微笑」的騎羊外公令人聯想「倒騎青牛」的老子，外公也總是如老子般以「正言若反」的哲語引導少年對日常生活的觀察與思考。如祖孫散步時，他指著被人工整治後的旱溪告訴少年們「整齊才是亂的」，因為「整治過後的河流，反而限制了它的發展」，此段閒談既是對生態的觀察也隱含著對教養的反思。

作為小說中的核心人物，外公成為家豪思想上的啟蒙者，承擔的不僅僅是一個男性長者的角色，也部分的彌補了他失去的歡樂與對自我的確認。有趣的是，這位由頑童長成智者的老人顯然是作者的化身（書中外公的名字叫李崇建），這位忍不住在作品中現身的隱含作者，卻也同時流露出真實作者對兒少成長的殷殷關懷。

此外，父親的職業設定為大學教授，外公則是山村的農夫，知識分子與鄉下人的對比，更看出作者營造兩種父性形象的張力；而作者對身為教育工作者的校長與父親角色，重筆刻劃其言行的粗暴與急功近利，只重視數字與效益的負面形象，或許也隱含著對教育與威權的譏諷與反思。學者何懷碩在〈人文之美與知識分子的責任〉中說：「知識分子不是一種職業，它是一種心態」，作者李崇建與甘耀明長期耕耘兒童寫作教學與創作，推廣薩提爾模式的親子教育，這部結合在地書寫與環境教育的少年小說或可視為知識分子的社會關懷與實踐。

創意也需要負責任

「對於破壞力的嚮往，同時也是一種對創造的嚮往。」畢卡索的這句話在文本中出現三次，其中必然表述了作者引領兒少讀者對「破壞力」與「創造力」雙向嚮往的本質思考。

精神醫學的研究指出，青春期遭受嚴重傷害與死亡的可能性是兒童期與成人期的三倍。因為少年在生理上正以某些方式「蛻變」成年輕男性，腦內多巴胺分泌所帶動的酬賞驅力使他們容易受刺激和興奮經驗吸引。勇於冒險、探測極限、追求感官刺激是生物擴展生命的本能，然而這種突破身體疆界的本能衝動常為青少年自身與他人帶來危險，拿生命和身體做賭注，使自己和他人蒙受無可挽回的傷害。同時，這種青少年推開成人，對已知、安全熟悉事物的對抗，是一體兩面的驅動力，它既具有破壞性也具有創造力，關鍵在於我們如何在這個破壞與創新皆具的時刻與他們同在，理解並協助青少年為身體上的轉變與情感上的分離預做準備，陪伴他們度過這場生理與心理的轉化危機。

小說設計了主角參加兩場繪畫比賽的情節，這兩幅參賽的作品主題「消失的全家福」與「老鷹飛翔」的畫作具有高度象徵。不僅畫作的場景是家人曾經同遊歡聚的臺中公園，或外公陪伴、啟蒙家豪，以及放牧山羊、救護老鷹的早溪。書中提到創作圖畫的過程：

> 我拿起松鼠毛水彩筆，把爸爸的臉塗掉，努力畫成漩渦狀的圈圈，那是無止無盡的彈簧圈，爸爸變成沒有五官的人，然後我也把其他三人的臉塗掉，那是沒有表情的全家福。

家豪對家人畫像的「毀容」又或是以老鷹的噴屎構圖、以其大便為原料基底的再創情節，都呈現作者將青少年破壞力轉為創造實踐的巧思。而校長將山羊養在校園吃草，以節省割草工資，羊大便掃起來還可以當樹木肥料的創意，其後老山羊對校園帶來歡樂卻也產生破壞的誇張書寫，除了在閱讀上呈現遊戲與想像的趣味合奏外，也驗證書中引導者對家豪，同時也是對少年讀者的提醒：「實踐創意的過程，比擁有創意更重要。」（外公語）、「創意也需要負責任。畫畫要有創意，要有解決問題的能力。」（飯姐姐語）

盟友與搗蛋鬼們

在神話與童話作品中常見的角色原型有智叟、盟友與搗蛋鬼等，這些角色除了反應各種人物特質，也加強了故事的戲劇性。這些原型我們可視為角色必要時暫時戴上的面具，然而隨著故事情節的發展，角色也可能換上另一副面具。

小說中的外公當然是教導並保護主角家豪的師傅智叟原型，但在某些時候，也和「雷達」、「飯太碎」兩位男孩，以及老山羊一樣承擔著盟友與搗蛋鬼的功能。少年主角在成長的旅途中需要有夥伴一同前行，他們陪伴、鬥嘴、耍寶，為主角兩肋插刀、提供建議、提醒告知，有時也需成為主角的良心，提出異議。在盟友的角色功能上，「雷達」、「飯太碎」兩位男孩十分稱職。

而搗蛋鬼原型除了是穿插歡樂場面的開心果，在抒解情節中的緊張、焦慮與衝突外，也扮演著推動主角改變與轉化的心理功能。他們是墨守成規的對立面，常藉著惡搞製造情境，提醒主角必須改變。被家豪爸爸稱為「怪胎」的外公，以及在校園遊盪破壞，在校園神出鬼沒，藏身在百年老校樹上的老山羊，都承擔著促使家豪成長轉變的角色功能。他們是情節的催化劑，總是影響他人，自己卻文風不動。因此，老山羊除了是外公淡定機智的動物象徵之外，牠也在校園中守護著原本自認是「一個無用的人，像無腦的水母」的少年家豪。當家豪經歷了這次心靈的蛻變，找回自我的同時，外公也騎著山羊回到山裡，共同完成作為師傅、盟友與搗蛋鬼的角色任務。

我就是老鷹，也得到天空了

趙曉雲問：「我真不懂，這是在畫什麼？」「畫出我心中的願望。」「我畫的是微笑的天空。」

因為誤觸高壓電擊掉落在旱溪河岸的老鷹是家豪的自我象徵。在他細心照顧、養護受傷老鷹的這段時光，也是一段自我療癒歷程的隱喻。

小說最後野生動物協會的「鳥叔叔」為受傷的老鷹進行「器官移植」，因為老鷹飛翔需要等羽毛長好，但這要等好幾個月。

利用嫁接羽毛的方式，可以幫助老鷹回到山裡生活，等到牠自己的羽毛長出來，嫁接的舊羽毛會跟著脫落。

那麼，心靈受傷的孩子，需要等多久才能自己好起來？我們是否可以成為暫時的「羽軸」，為其嫁接斷翅，成為他們身邊的「協助見證者」，讓情感受傷的孩子感受到關懷，等他們再次發展出對人的信任，也還能保有生命中的愛、良善或其他價值。

外公離開的那天，也是放飛老鷹的離別時刻：

老鷹凝視前方，脖子往前輕輕探，便揮動大翅膀，毫不猶豫的飛翔，瞬間飛到十幾公尺外，一呼溜之間，由一陣上旋氣流帶到空中去了。

法國作家馬塞爾．普魯斯特說：「真正的探險之旅不是尋覓嶄新的風景，而是擁有新的視野。」家豪沒有能力挽回父母的婚姻，也沒改變他在父親心中的地位。然而，他對自我的「重新看見」使他有了力量，將原本生命中充斥著貶抑、羞辱、自卑的成長危機轉化成創造的力量，也經歷一次「精神誕生」。如同受傷的老鷹因為羽毛的接肢，終將長出自己的羽翼，放下自卑自棄的形象，再次翱翔在自我的天空。

我們看著老鷹越來越高，終於凝聚成一個黑點，牠展翅恣意翱翔。

在空中展翅翱翔的是重建自我認同後的家豪，他也成為了自己的「帕加尼」跑車。對自己與生活擁有新的視野，使他有了力量面對夏天結束後的國中生活，也將有力量迎接依然充滿挑戰的未來。

本書呈現少年在精神上由鎩羽到天際翺翔的超越歷程，我想，作為預設讀者的兒童透過書中情節的起伏與幽默諧趣的角色對話，在閱讀過程中逐漸認同書中的主角，對主角在困境中的掙扎感同身受，他們和主角一起歷經考驗和難關；也在書中人物的種種情緒感受中，投射自身的遭遇，感覺到自身的體驗被知情理解。因此，閱讀本書或許不僅是兒童讀者隨情節經歷少年家豪的成長，也讓成人讀者再次喚醒內在的孩子，在角色的互動中有所體悟和省思。

推薦文

不完美的人生，才是完整的生命

文／薩提爾教養暢銷作家　李儀婷

崇建和耀明合作多年，從生活到創作，再從創作到生命，每每都有精采的火花展現，在在都將兩人的生命厚度展現其中。

兩人聯手的著作，從早期的教育書到心靈叢書，再到最近的童話，都呈現出單一作家所達不到的意境，因為他們兩個一個是文學領域裡的千面寫手小說家，文筆的筆鋒千變萬化，寫什麼都傳神入裡。而另一個則是薩提爾模式中的心靈推手，說出口的話宛如神喻，兩個人合作的著作，每一詞句描述都是一場藝術的展演，而想要探討的生命深度，則是一座冰山，令人讚嘆。

兩人雖然合作多年，這卻是他們合作的首部少年小說。

這部少年小說，耀明利用場景的細膩以及對話的快節奏，以文字的精準度，輕快的做出場面調度將讀者帶入節奏緊湊、對話詼諧的故事之中，而帶出的風景卻是非常細緻。

而故事的架構，崇建則以自己童年的家鄉為背景藍圖，再佐以耀明千變萬化的魔幻之筆，層疊結構出一個幽緩的故事圖像，講述的不僅是少年小說核心議題「自我認同」，更開展了更廣也更富有深度的冰山議題，在在為青春的孩子提點出自信與價值，很多時候不該交由別人來判定，而應該是「自己認定自己」。

故事情節從主角「張家豪」的父母要離婚拉開序幕，面對重視成績的爸爸想要帶走成績優異的弟弟，張家豪如何調適心裡的自卑與失落？兩兄弟的成績成了打擊張家豪自信的殺手鐧，是世俗判斷成敗的天秤兩端，然而誰會得到最後真正的幸福？所有故事都無法避免的導向主角將會得到最後的幸福，然而這本書要談的遠比「幸福」還要更深更遠，端看故事中安插的伏筆與出場的人物和動物，就能知曉其企圖。

在張家豪追尋自我的過程中，作者巧妙的安排了溫暖慈藹的外公一起陪伴主人翁追尋自我的行列。

外公是個資源非常豐富的長者，在故事中亦是非常重要的存在，他看待事物總是以豐富的目光對待，面對萬事萬物也總以寬廣的姿態去面對，不疾不緩的方式，反應出外公的穩定，帶給張家豪最直接有力的衝擊。當然，最讓家豪衝擊的是外公帶來的山羊，以及突然闖進生命的老鷹。

每一個動物的安排，作者都賦予了意義，山羊固執而不知變通，彷彿隱喻著家豪的父親看待家豪的目光總是帶著有色眼光，但轉個念，山羊的存在，彷彿也預告著家豪應該學習山羊強大的自我意識，學習看重自己。

老鷹，則象徵著自由與自信，就像白雲屬於藍天，而鳥永遠屬於自由，不該被一時的困境給迷失方向。

而我最喜歡的則是「帕加尼」一橋段的安排，從原本只是一輛車的代名詞，隨著劇情張力不斷賦予新的意義，最後成了張家豪的理想與夢想的代名詞，彷彿每個人心中都該有個「帕加尼」。

在這個世界上，幸福有很多種，不是學校的校長或老師或父母說了算，而是我們自己說了才算數，因為人生原本就不完美，但也因為不完美，才能創造完整的生命歷程。

今年夏天，讓我們跟著書中的張家豪，一起去追尋屬於我們生命中的《山羊、老鷹，還有我的帕加尼》！

推薦文

走過成長必經「天堂」路，找回內在的原力和自信

文／親職溝通作家與講師　羅怡君

剛好，我曾經親耳聽過崇建老師說「那件事」。當時現場聽眾全神貫注看崇建老師比手畫腳，他就像是個交響樂指揮，講到重點的時候，空氣突然炸裂開來，大家不約而同發出狂笑，等到阿建老師再次開口，氣氛倏忽變得寂靜無聲，彷彿等待下次「合鳴」的精采時刻。

這就是「那件事」的魔力。

終於等到「那件事」在這本青少年小說中現身，看似虛構的小說其實是

真實情節編織起來的總和：包括山羊大嚼作業本的那件事，也包括有許許多多個如主角「張家豪」的孩子正載浮載沉中。

李崇建老師和甘耀明老師二度攜手童書創作，有別於上兩本《藍眼叔叔》、《透明人》透過故事引起反思，這本《山羊、老鷹，還有我的帕加尼》則為所有自我懷疑、暫時無法找到自信的孩子們而寫。致力推動薩提爾對話的崇建老師，累積一場場與失意孩子們、焦慮家長們的對話，在小說中勾勒出當代家庭面臨的考驗，當尚未安頓身心的大人們無法伸出援手，孩子們又該如何給自己一個機會，閉氣、下潛……然後勇敢的再次蹬出水面？

「自我認同」在青少年小說裡是經典的議題，也是每個人必經的蛻變「天堂路」，然而《山羊、老鷹，還有我的帕加尼》處處藏有黑色幽默的喜感，恰到好處的荒謬點破大人們對孩子言行的不信任、外在標籤加諸給孩子的扭曲價值觀，這些討人厭的長大瑣事未經過濾刪除，但透過甘耀明老師施展文學特殊濾鏡，能讓我們笑著看穿裸露的事實：別人給自己貼的標籤，必須自己撕除才夠澈底。

我一翻開這本小說，立刻一口氣飆完，放任自己沉浸情節中，然而第二次、第三次細細讀，更能耐住性子靜下心享受其他的樂趣。兩位功力深厚的作者，在故事裡埋了不少隱喻，從主角動物的情節就可看出端倪——羽毛受傷的老鷹、能消化有毒銀合歡植物的山羊，動物與小說中各種人物的有趣互動，充滿戲劇化的高潮迭起，不斷給讀者們點點滴滴的暗示，跟著主角張家豪經歷到最後，隨著大冠鷲盤旋向上的浮力，似乎也感受到自己身上的那股原力。

古今中外優秀的青少年小說不少，然而我最想推薦這本的另一個原因，是因為背景環境不只是發生在臺灣，還替我們融入重要的在地風景，切切實實充滿臨場感，例如：颱風、河水暴漲、整治溪流，透過張家豪外公的一張畫旱溪的作品串了起來。現實生活中的河流可以是一場午後戲水尋寶的美麗時光，也能瞬間成為家破人亡的原因，正如書中所言：「生命就像是河流，你不曉得帶來的是意外，還是一堆寶藏。」

至於小說結局是什麼呢？嗯，我會說「好像什麼現況都沒有改變，卻又已經不一樣了」或許這正是崇建老師擅長的挖掘冰山，再度在小說裡施展的轉換魔力，只不過這種魔力每個人都學得會，就從這本小說開始吧！

P.S.至於帕加尼是什麼？就留給讀者們自己翻開書探索嘍！

推薦文

生命裡的意外，也可以是寶藏

文／諮商心理師、暢銷作家　陳志恆

在每個班級中，都有著一位或兩位，毫不起眼的孩子。課業成績不佳，沒什麼特殊才藝，缺乏拿手絕活，外貌長相平平，就連搞笑或搗蛋，都沒別人在行。

這樣的孩子，很容易就被忽略了！

而他們也早已習慣被忽略。因為，他們也覺得自己平凡到可以被忽略，從頭到腳沒一處可以拿來說嘴的。或許，在他們的人生劇本裡，注定是一生平凡無奇。平凡也沒什麼不好，只求不要更糟就可以了！

然而，生活中總是有些意外，看似一灘死水也可能掀起滔天巨浪；有人被大浪捲走，有人卻能乘風破浪、異軍突起。

《山羊、老鷹，還有我的帕加尼》是一本讀來相當過癮的少年小說。談的是一個缺乏自信且不被看好的男孩，在國小畢業前發生的奇幻故事。

原本，這男孩注定得經歷父母那烏煙瘴氣的婚姻關係，而聰明過人的弟弟的存在，又令他顯得愚蠢渺小。就在一片了無生氣的時刻，外公、山羊與老鷹這奇妙的組合，闖進了他的世界裡。

生命的意外，來得如此突然。這一切遭遇，也讓男孩有機會，學會用心體會生活，重新找到自己，看見自己的價值。

在許多小說或電影裡，都有類似「智慧老人」的角色，在主角迷惘時，聆聽他的心聲、引領他的思緒、喚醒他的力量。外公這位智慧老人是個神祕的存在，看似平凡甚至有些怪異，卻總能說出些發人深省的話語。

我最喜歡小說中，外公說的一句話：「生命就像是河流，你不曉得帶來的是意外，還是一堆寶藏。」講的是那條熟悉的旱溪，其實是在暗示讀者，當意外來敲門時，也許背後帶著無限的寶藏，端看你是否能發現？

例如，那個喜歡在課堂上搔首弄姿、展示身材、大談私事的鄭老師，對男孩而言，正是最大的意外，也是料想不到的寶藏。要不是鄭老師的眼光與賞識，男孩大概這輩子沒有機會，能在美術領域上，發揮創意，一展長才。

回想我的求學生涯中，也遇過好幾位「鄭老師」——上課時嘮叨碎唸、管東管西，喜歡自嗨的聊著自己感興趣的事。他們常被班上同學模仿或拿來說笑，還被取了難聽的綽號。然而，私底下，「鄭老師」卻是許多孩子的伯樂，是弱勢孩子生命中的貴人。

面對生活中發生的任何事，我們可以有各種觀點，你可以視挑戰為良機，也可以自認倒楣。這本少年小說的價值，就是在作者的巧思下，透由男孩的眼光，看見事件的不同風貌。

因為視野寬闊了，更能在自己身上發現更多的可能性。

至於，由弟弟主導策劃的「帕加尼計畫」，成功了嗎？事實上，那一點都不重要。因為，當男孩認可自己的價值時，帥氣拉風的帕加尼跑車，又算得了什麼呢？

第一章 大怪胎來我家

爸媽離婚的那一天，我的老毛病又發作了，拿著藍色原子筆，在筆記本瘋狂畫圈圈。

我不斷在白紙上畫，填滿無數個圈圈，這是我腦袋裡的抽象畫，沒有人知道的漩渦形狀，看起來簡直超級混亂。

爸媽離婚吵了好幾年，今天終於實踐了。

離婚協議書約好在家裡簽，需要兩位離婚證人，「大怪胎」是其中一人，不過他竟然遲到了。

幾個人坐著發呆，等著「大怪胎」來。

爸爸看向左邊的牆，媽媽看向右邊樓梯，我跟弟弟坐在樓梯間，我不忘在筆記本瘋狂畫圈。

夾在爸媽中間的那一位，是他們的離婚證人，他看著離婚協議書，好像在尋找錯別字，然後抬起頭說：「都下午四點了，還要拖下去嗎？」

「四這數字不錯，對這段感情來說，非常的適合。」爸爸說了一段道理，他最擅長說道理，然後站起身子來說，「我去路上找人當證人。」

「找誰？去找鬼啊？」媽媽說。

果真被媽媽料中了，爸爸出門十幾分鐘，沒有人願意幫忙。

爸媽在家常吵架，偶爾飆出罵人的話，傳到門外讓人笑話。

這時鄰居會停下動作，男人跟女人說：「張家的炸彈又爆炸了。」

大人對小孩說：「你們如果再鬧，長大就像張家整天吵。」

只有獨居的吳伯伯，坐在電線桿下的藤椅，自言自語的說：「孽緣呀。」

很不幸的是，我就是孽緣生下的。

爸爸常對我不高興，氣得連珠炮罵我：「你白痴啊你！」他會在一個句子中，用兩個「你」字，譬如：「你神經啊你」、「你白痴啊你」、「你翅膀硬了你」、「你小心點你」、「你有病啊你」。

爸爸是大學教授，講話深奧難懂，夾雜一些特殊名詞，好像很了不起，但是我不這麼認為，他罵人的用詞，只有國中生程度。

有時我被罵到臭頭，躲到大門外避難，坐在電線桿下的吳伯伯，會臭著臉對我說：「孽子。」

經過很久之後，我才聽得懂「孽子」這詞，意思是壞孩子。

弟弟說「孽子」唸起來，聲音像「捏死你」。在這個世界上，會想讓父母捏死的，大概只有「笨孩子」。

爸媽離婚後，所有財產都會分配，弟弟分配跟爸爸住，我分配跟媽媽住，弟弟當然去住新房子，我繼續住這棟老房子。

找不到證人的爸爸，臉很臭的回到沙發上，抱怨遲到的外公，罵他是一個「老番顛」。我與弟弟躲回房間，避開爸爸的抱怨。

我和弟弟將要分開，弟弟大方送我他的帕加尼，那是我很喜歡的跑車模型。那輛模型車是爸爸送弟弟的生日禮物，沒想到弟弟給我了。

弟弟是一個學霸，簡直是數學天才，我卻是數學災難，氾濫成災的爛泥。爸爸以弟弟為榮，誇弟弟像他小時候，是傑出的優良品種，才送上最帥氣、最酷勁的帕加尼跑車當禮物，車子造型又酷又帥，配得上血統優良的弟弟。

至於我的生日呢？爸爸忘記了。他忘記我好幾個生日，不然就是當天在開會，忙到沒時間回家。我早就習慣了，真希望自己也忘記生日，那就少一點痛苦了。但是弟弟沒有忘記，在我的生日那一天，他總會送我禮物，現在就放在架子上，全都是數學書：《數學家的故事》、《質數的奧秘》、《有趣到令人捨不得睡的數學》，我只要一翻開書，就呼呼大睡，還捨不得醒來呢。

「我送你帕加尼跑車，這些書可以送我嗎？」弟弟說。

「沒差，都給你。」

「很可惜，這些書你都沒看，我幫你全看完了。」

「是你喜歡這些書，又知道我不會看這些書，才買來給我當生日禮物的吧！這樣你才可以拿來看。」

「其實我也希望你喜歡數學。」

「我看到數字就昏倒了。」

「這就是爸媽離婚的黑洞，問題出在你身上。」

「我才沒有問題。」我大聲反駁。可是心底有道聲音，正無情的指控自己，我是爸媽離婚的黑洞，只是不喜歡被說出來。

「我舉個例子，你知道質數嗎？」

「植樹節？」

弟弟從架上拿下《質數的奧秘》，他不知道翻閱多

少遍的書：「這真的是簡單到快要哭出來的問題了。質數是一個正整數，正因數除了1之外，剩下自己本身這個數字。像5是質數，但是6不是質數，它有2與3兩個因數，這就不是質數。」

「就因為我不懂數學，爸媽就離婚？」

「不懂數學沒關係，懂得用電子計算機就好了。」弟弟果然腦袋精明，他兩眼發光的說，「真正的原因是，你不是質數。」

「我當然不是質數，我是人類。」

「這是譬喻。我的意思是，你太普通了，不是獨一無二的質數。你是好幾種數字的混搭，像一桶餿水。」

我腦袋發出嗡嗡的聲響，像餿水上飛舞的蒼蠅群。弟弟並不是故意把我形容成餿水，但是他解釋質數我聽不懂，用餿水當譬喻，真是簡單明瞭的答案！我感覺快要哭出來了。接下來的時間，我體內的餿水桶塞滿沮喪、難過、悲傷的情緒，再也聽不進弟弟講的道理，只能送他下樓。

爸爸正好呼喚弟弟離開，他抱怨離婚只好拖到下次，但這是注定的事實，反正也跑不掉。我的頭縮得更低，沒有臉面對分別的時刻。爸爸摸摸我的頭，講了幾句話，隨即扣上大門，帶著弟弟離開了。

我的頭靠著鐵門，淚水終於流下來。

我當然知道，我流的是絕望的眼淚。我的生命像這座鐵門，朝著世界盡頭前進，不斷的腐蝕與封閉，最後走向毀壞的結局。

砰！大門再次發出聲響，似乎不同意我用它來譬喻我的人生。

接著鐵門激烈搖晃，搖得快被拆掉了。我花了點時間擦乾淚水，深吸口氣才打開門，對著門外的人大喊：「我家門鈴壞了，但不要每次都用撞的好嗎？」

「有個大怪胎來找你了，我看他像閻羅王。」講話的是班上的包打聽，他是我的好朋友，綽號叫「飯太碎」，他常常說自己犯太歲，運氣不好到誇張。有次同學吃午飯的時候，問他什麼是犯太歲，他卻什麼都不說，只是悶

著頭吃飯，吃得滿桌都是飯粒，從此大家懂得什麼是「飯太碎」了。

「是嗎？」

「他不是閻羅王，是神仙啦！」另一位大吼的叫「雷達」，他也是我的好友，是班上的知識王，他的身材胖嘟嘟，每次休息的時候，喜歡扶著電線桿，就像現在這樣，靠在我家巷口的電線桿上，「他是八仙過海裡騎著小毛驢的張果老。」

「你們到底在講什麼？」我大喊。

不久，這答案自動浮出現。

小巷弄浮出一個人影，他騎著奇特的「交通工具」，慢慢朝我走來。原來是外公來了，他叼著一根草莖，騎著一頭大山羊，羊脖子上的銅鈴響噹噹，後頭跟著兩頭小山羊，馱著快要爆出來的行李，簡直是搶眼的馬戲團。

外公耗了點時間，終於來到家門前，儘管受到路人指指點點，也無損於他的微笑，好像天生就是騎羊高手。

「外公，你來晚了。」我說。

「原來遲到了啊？我迷路了，抱歉呀！」外公跨下山羊，說：「不過，你看起來有些悲傷。」

「我很高興呀！爸媽吵架的惡夢，終於要結束了。」我裝出勝利的微笑，「是我讓他們離婚了。」

第二章 緊繃牛仔褲

教室牆上有句話「天生我材必有用」，意思是「我出生在世界上，一定有發揮長處的地方」。

如果人都有用處，誰都想當特別的人，但是當你成績不出色，又不懂調皮搗蛋，專長是常把作業簿搞丟，那就只能給人當墊背，幫出色的人發光發亮，最後自己的日子只能腐爛，也不知道還能怎麼辦？

我就是這樣的人，一個無用的人，像無腦的水母。

小學生涯的最後一年，我的感覺很複雜，希望日子趕快過完，又希望時間慢一點。只要升上中學，我就不是「屁孩」了，但是課業壓力一定更大，我的成績會更糟，可能會掉入另一層地獄。

巷子裡讀國中的鄰居，每次大夥一起玩，一起聊天開玩笑，他們都會揶揄說：「那些讀小學的『屁孩』，實在是很無腦……」

那些國中鄰居很大嗎？不過大我一歲而已。若是小學生很無腦，他們脫離無腦時光，也還不到一年，難道就長腦了嗎？我很想嗆他們兩句：「你們也是水母，只能在大海隨波逐流！」

但是我沒有膽量。

小學六年快過完了，我的成績一直很爛，數學科尤其糟糕，體育成績也不怎麼樣，簡直像教室裡的空氣，不曾引起大家注意。但是，與其說我像是空氣，不如說我像腳踏墊。因為我也不是乖乖牌，功課偶爾會遲交，作業簿常常不見，或者上課講話被老師罵，這時大家才會注意我，班上還有一個不起眼的腳踏墊。

在我們班上生存，一定要有特別的地方，才能讓人印象深刻，不會白讀了六年書。這是飯太碎說的：「你看雷達是個學霸、孫胖很會搞笑、阿火籃球打得好、小基很會惡作劇、趙曉雲很漂亮……，二十年後我保證大家都記得他們。你呢？家豪，大家可能會忘記你喔！」

我覺得他說的有道理。但是越有道理，我就越感覺悲哀，因為我一點也不特別。我的名字叫張家豪，連名字都很普通，長相也很普通，眼睛鼻子明明在臉上，卻令人一轉眼就會忘記。

飯太碎說我不是「乖」學生，是一個「龜」學生。

我同意他的說法。我連做「壞事」的膽子也沒有，頂多不交功課而已。但是不敢做「壞事」的我，卻往往很倒楣，「壞事」都猛朝我這兒撲來。

這裡必須提到我們班導，鄭老師。

鄭老師上課的時候，喜歡說她家雞毛蒜皮的小事，說她老公有多愛她、她的女兒在當總經理、她家多幸福……巴拉巴拉的家務事，這些又干我屁事？接著又說她多關心學生，照顧得無微不至，說得她像是ＯＫ繃，黏在學生的傷口上，同樣的話她說了幾千萬遍了，幾乎都沒有變。

說真的，我聽得快要吐了，還要假裝很專心，聽她介紹她的家庭。我知道不應該批評老師，畢竟她除了上課無聊，講講家務事之外，其實還滿關心學生。

鄭老師常誇獎自己，而且擅長用「設問法」。像是：「女生為何要穿裙子？穿褲子也很帥氣，可以展示好身材。」說完會轉身，左轉九十度、右轉九十度，展示好身材。她年紀超過五十歲了，卻喜歡穿很緊的褲子。不是普通的那種緊，是很難蹲下去的緊，完全呈現腰部以下的曲線。她自豪這個年紀的人，不是肥屁股就是肥肚子，要維持像她這樣的完美身材，兩個字下結論：「太難。」

鄭老師說的這些話，惹怒了班上的雷達。

雷達不滿十二歲，就長出肥屁股和肥肚子，鄭老師的每句話，都刺穿雷達的厚脂肪，讓他露出難看的臉色。

雷達的座位在第一排，鄭老師的話像機關槍，在前線來回掃射，每一槍都打得他坐立難安，心裡很是受傷。鄭老師不是故意的，但她不知道炫耀自己，竟會讓別人受傷。

「好啦！鄭老師只是愛開玩笑而已，雖然有點變態。」雷達的難過我分分秒秒都看在眼裡，他的受傷源頭是鄭老師。

「你說呢？」

「你少學鄭老師用設問法來問我，我又沒答案。」

「你也用譬喻法試試看，比如鄭老師又緊又窄的牛仔褲像什麼？這你總會了吧！」飯太碎加入我們的談話，說話超誇張。

「一塊布而已。」雷達說。

「這是史上最差的譬喻，牛仔褲與布的關係太靠近了。」飯太碎大笑，然後想起什麼似的，瞪大眼睛看著雷達，「你是史上最棒的天才，我來幫你報一箭之仇。」

隔天，飯太碎展開復仇計畫。他帶了一塊布到學校，在我與雷達的面前晃了晃，露出一抹詭異笑容，然後他把那塊布撕開，發出刺耳的撕裂聲，最後他眉毛噁心的挑了一下，說：「你們懂得怎麼樣復仇嗎？」

我搖搖頭說：「看不懂，難道要變魔術嗎？」

「對對對！就是要變魔術。」

「你要怎麼變呢？」

飯太碎再撕一次布，「你再仔細聽聽看，在哪裡聽過這聲音？」

我脫口而出：「褲子破掉的聲音。」

雷達終於會意過來，突然哈哈大笑，他雙手摀著肥肚子，卻把肥屁股笑得瘋狂顫抖，好像上演「肥油反擊」，他告訴我：「鄭老師彎腰撿東西時，飯太碎會把布撕開，讓鄭老師以為自己褲子破了，保證糗得不敢轉身。」

上課鐘響前，飯太碎將黑板溝槽的粉筆收走，只留下一根短粉筆，又將抽屜的粉筆藏起來，獨獨放一根粉筆在地上。按照飯太碎的計畫，地上那根粉筆是「釣餌」，只要黑板溝槽的粉筆沒了，鄭老師突然瞥見那根粉筆，一定會蹲下來撿，到時候請想像水庫潰堤的偉大景象。

一切果真按照計畫進行。

上課時，鄭老師轉身寫板書，拿著黑板溝槽的短粉筆。飯太碎在桌下拿出那塊布，雙手隨時準備撕下去，臉上卻藏不出好笑的表情。

每次當鄭老師轉身，飯太碎便拿出布來準備撕。我與雷達好難受，強忍住笑意，偏偏飯太碎的樣子太誇張，我控制不住想笑的衝動。

終於，我的忍耐來到極限，憋得身體不斷晃動出聲。

鄭老師轉過身來，瞪著我示意警告，然後我忍不住自爆，大笑得太瘋狂，甚至摔到地板上。鄭老師瞬間爆氣，罰我站著聽課。飯太碎不斷給我使眼色，意思是不要再笑了。但是我實在沒辦法，想笑的感覺一陣一陣湧上來。

鄭老師索性停下來，她不寫板書也不上課，只是雙手插著腰，瞪著我看了很久。但我還是一直想笑，憋笑真是太困難了！

就在鄭老師瞪著我，這個非常關鍵的時刻，一切這麼恰好的發生了，她看見地上的粉筆。

鄭老師的眼睛，從我身上轉移到粉筆的那一幕我永遠記得。

「說時遲，那時快」可以用在這裡吧？她彎下腰去撿。

熟悉的撕裂聲出現了。

鄭老師像是被定格了，在粉筆前面暫停，她的身軀還是蹲著的，但是她沒有撿起粉筆。就在這個時刻，我的笑聲像火山，不斷噴發出來，噴得大家一臉糊塗。只有飯太碎一臉鎮定，掛著奇妙詭異的表情，他實在是犯罪大師，能維持這麼穩定的表情，我笑得都快喘不過氣了。

鄭老師用手拍講桌，手指著我命令道：「張家豪！你給我出去，跑操場十圈。」

我狂笑著出去跑操場。

我笑到流出眼淚，我不知道笑也會流淚，笑著笑著到最後，竟感覺有點兒悲傷。我一直是很「龜」的小屁孩，哪有膽子做壞事？但是當你的人生像烏龜，只能慢慢的往前爬，「壞事」會從後方追過來踹你，想想自己真是很悲哀。

飯太碎事後說，他沒動手撕開布，是鄭老師褲子真的破了，他說：「真是老天有眼呀！幫雷達報了一箭之仇。」

命運真是太奇妙了。

鄭老師離開教室時，將課本放在屁股後面，裝著很自然的走出去，飯太碎這時才大笑，而且笑得超大聲。

鄭老師一定聽見了，但是她始終沒有回頭。

「張家豪你信不信？二十年之後，肯定有人記得你這個常丟作業本的大王。」飯太碎大笑個不停，「因為你是特別的人，把老師的褲子笑破了。」

我是特別的人？我從來不覺得自己是。

第三章 大人的世界

我與外公在附近的旱溪散步。

河床的芒草很高，細長的葉片很單純，兩側卻布滿銳利的鋸齒，像綠皮膚的鯊魚牙齒，阻礙我們散步的路徑，我們得找出路通過。倒是外公的三隻山羊，好愜意悠哉的樣子，在海浪似的草叢中覓食。

我生長在旱溪邊，卻從來沒下到河床，飯太碎與雷達雖然調皮，卻也從來沒來過，我們哪有時間拜訪？做作業、補習都沒時間了。

我們穿越芒草堆時，外公說：「世界變化太快了，就像我住的那間房間，已經堆滿了老東西。」

「外公，對不起，你的房間被我搞成像垃圾堆。」我說。

家中有個外公專屬的房間，位在房子二樓南邊，家人稱為「外公的房間」。這麼多年以來，這房間因為沒人住，堆滿了閒置的雜物——報廢的電風扇、過期的雜誌、廢棄的腳踏車。壁虎偶爾咭咭的取笑，在理所當然又不知不覺中，那個名為「外公的房間」，早已變成了另一個模樣。

「你看這河流的變化，也像亂糟糟的房間吧！」外公自我解嘲，蹲下身撿起雜草間的寶特瓶，說：「這裡到處是垃圾。」

「我們把你房間搞成垃圾堆，你不生氣嗎？」我說。

「不是我們，是你跟你弟弟而已。」一同散步的飯太碎說。

「哼！誰要是把我的房間搞成廢物堆，我肯定要火山爆發。」雷達說這話的時候，拿著棍子對芒草一陣揮打，彷彿攻擊亂搞他房間的人。

「不過這條河流，幾乎像我的房間一樣亂了。」外公喃喃自語。

「河流很整齊呀！」

「整齊才是亂的。」

「整齊才是亂的？這什麼話！」雷達大喊，「照這麼說來，沒寫功課就是寫完功課，而笨蛋就是天才嘍！張家豪，你要出頭天了。」

「你不要亂解釋。」我大吼。

「照雷達的話說，這樣解釋也沒錯。」外公說。

「我才不相信。」

「我會記得這句名言，沒寫功課就是寫完功課，而笨蛋就是天才。」飯太碎也加入行列。

外公等大家講完話，才解釋「整齊才是亂的」，意思是「整治過後的河流，反而限制了它的發展」。

外公說這裡以前不是這樣的。

以前這裡的風景，每戶人家都有後院，都養著幾隻雞鴨，院子外就是河堤，小朋友只要走下河堤，便能到河裡玩耍。當時房屋沿著河堤建造，四周是竹林、菜園、稻田與果園。河堤旁的每戶人家，都有一根煙囪，那代表家中都有灶，灶裡燒的是漂流木，每逢旱溪氾濫時，村民都去撿木柴，就是俗稱的「大水柴」，每家後院都堆著漂流木，煙囪在晚飯時呈現生機，會在黃昏點綴著一縷炊煙。現在河流整治過，蓋了堅固的水泥河堤，將河流限制在河道裡，看起來非常整齊，但卻少了生命氣息，河流沒有生命氣息，難道不是一種「亂」？

外公描述以前的旱溪，那是美麗的圖案，河流映照日出與日落，日光落在河面上，五節芒和河流染成金黃色。屋舍、炊煙與河流潺潺，對我而言，那是一幅陌生景象，卻讓我想到兒歌「我家門前有小河，後面有山坡」，不，是「我家後門有小河，再後面有山坡……」這真的很難想像。

「我懂了，就像我們是經過整治的學生，失去了創造力。」飯太碎若有所思的說。

「你哪裡被整治過？你調皮搗蛋的模樣，是永遠暴漲氾濫的河水。我才是被整治的學生，至於雷達呢？讓我好好想想……」我說。

「他是被大水柴堵塞的河川。」飯太碎拿他身材亂開玩笑。

「那裡有大水柴？」雷達不理會，對遠方大喊。

我看見遠處河畔，擱著一堆木頭，覺得外公講的旱溪，仍然保持它的生命力，只是外貌改變了。我連忙跑過去撿，那些木頭怎麼看都不像大水柴，應該是蓋房子的板模，怎麼會出現在河裡？

不久，我們看見遠處大橋上，竟然有人停下車，把廢棄物往下丟。那些拋棄的水果籃、廢木材、廢塑膠棍子，最後一一流過我們眼前，在水流蜿蜒處停下來。

「這些都是可以用的東西。」外公說。

「看起來像是殯儀館不要的廢棄物，被人扔到河裡。」雷達轉頭問外公，「大師，你會教我騎羊嗎？」

「我也想騎羊。」飯太碎說。

「當然沒問題，我們先把東西撿回去。」外公說。

雷達稱外公是「大師」，認為他騎羊的樣子帥斃了。雷達說自己想騎羊，飯太碎也躍躍欲試。山羊看來是溫馴的動物，樣貌一團和氣，就像掛眼鏡的乖孩子。我與飯太碎、雷達兩人不同，完全沒有騎羊的衝動。

我們將河裡撈起的廢棄物，放到羊的背上綁好，慢慢馱回了家裡。

這些廢棄物經過敲敲打打，蓋成了一座羊舍。照外公的意思，羊舍必須架離地面，防止羊隻得腳氣病，另外也要搭得牢固，防止野狗侵擾。

這時客廳的電話響了。當然不是打給我的，會打電話找我的人，只有雷達與飯太碎，他們現在在我身邊工作。電話是打給我媽的，她是保險銷售員，每天只忙著工作，回家也忙著打電話，回覆客戶的訊息。回家時媽媽會幫我帶外賣，當成我的晚餐，一見我就唸我兩句，所以我回家都躲著她。

媽媽接到電話，聲調提高好幾度：「什麼？」

「老師，您罰他沒關係……」

「老師，家豪這孩子欠管教……」

「老師，我一會兒好好管他……」

「老師，您真是辛苦了……」

「我們家豪讓您教，是他的福氣……」

肯定是鄭老師打來的，她常打電話給家長，連雞毛蒜皮的小事都仔仔細細說明。每次鄭老師打電話來，我的頭腦就一團混亂，心臟都跳得特別厲害。凡是老師說的話，我媽都認為是對的。真希望我媽去上學，去當鄭老師的學生，看她能不能在教室好好坐著？

老媽掛完電話，邊說邊走到後院，扯開喉嚨對我說：「給我說說看，這什麼道理，為什麼不好好上課，要一直笑個不停？」

我像設定好的機器，瞬間低下頭來，老老實實的說：「鄭老師褲子破掉了。」

「你說什麼？」

「我說鄭老師的褲子破掉了。」

鄭老師一定沒解釋，是她的褲子破掉了，才引爆我的笑聲，這麼重要的原因，怎麼可以漏掉呢？可是媽媽的表情愣著，嘴巴張得好大，一副不敢置信的表情。

「鄭老師褲子破了。」我一個字、一個字慢慢說，「褲子想破就破，我也沒辦法，可能鄭老師穿太緊了吧，這實在是太好笑了。」

「你們都給我正經點，誰再笑就倒楣了。」媽媽大聲喝斥。

媽媽會說「你們」，指的是一旁釘羊舍的雷達與飯太碎，兩個人把臉都笑歪了，下巴快掉到肚臍。雷達天生有表演欲，他表演起鄭老師平日秀身材的模樣，把運動褲從兩側拉進胯下夾緊，呈現肥肥的雙腿，裝模作樣的說話，說自己實在很苗條，肚子與屁股沒有油渣，自豪都五十歲了，身邊的人都被歲月打敗了，只有自己沒有缺陷，褲子還是去少女專櫃買的。然後雷達把屁股翹起來，彎身下去撿粉筆，他慢動作的表演，屁股的弧線越翹越尖，就在褲子繃得快要斷氣時，這樁計畫的主謀飯太碎，拿著一張舊報紙，當成他當天拿的布，終於有機會狠狠撕下去。

沒想到，外公這時捧腹狂笑，誇張的笑聲，連幾隻羊也跟著咩咩叫。我們三個小屁孩，聽見有人守不住笑意，也跟著放肆大笑，個個都笑彎了腰。

「爸爸，你怎麼帶頭笑了？」媽媽手插著腰說。要我們把實情說出來，或者說「表現」出來，卻要我們不准笑，沒想到外公先洩氣了。

「家豪那時會笑出來，絕對沒有犯錯。」外公說。

「爸爸，你怎麼幫他說話？你也太寵他了。」

「我是認真的，這麼好笑的事情，實在讓人忍不住，誰要是笑不出來，那才是生病有問題。」外公說。

「不跟你們講了，氣死我了。」媽媽丟下這句話就自己離開了。

「雷達真會演戲！剛剛扭起來的樣子，真是特別搞笑。」外公稱讚他。

「我剛剛很收斂了，不敢扭得太逼真，怕家豪媽媽生氣。其實老師扭得更誇張，像這樣……」雷達更誇張的扭起來，把屁股翹得老高，像是公雞的嘴巴，害我們笑得整張臉扭曲，差點都毀容了。

「鄭老師為什麼這樣扭啊？」外公很好奇的問。

「她就是這樣呀！喜歡說自己家裡的事。」

「她超級變態。」

只有雷達默默笑著，我和飯太碎搶著投訴，將鄭老師上課的樣子，添油加醋的說出來。

「是鄭秀雯老師嗎？」外公問。

「外公你認識鄭老師？」

「鄭老師以前不會這樣，她現在變成這樣啦？」外公若有所思的說。他說這裡以前是樸實老村落，居民大多務農耕作，或者在工廠工作，每天機械性操作的人很多，一輩子都沒換職業，一直做到退休。很多人好幾代前便住在這兒，雖然搬走的人也不少，像他搬到了山區養羊，但是房子卻捨不得賣掉。飯太碎、雷達的外公，跟他從小就是玩伴，他們經常吵吵嚷嚷，卻也都互相幫助。外公又說，鄭老師小他十幾歲，剛來這裡任教的前幾年，就得過不少獎項，是學校的優秀老師，後來他到山區養羊，對家鄉的事情不清楚，但外公斬釘截鐵表示，鄭老師是個好老師。

「鄭老師得過獎？是個優秀教師，不會吧？她只會罵我們，還有上課說些沒營養的廢話。」雷達一臉不可置信。

「她是優秀的教師，家長都是排著隊，將孩子送到她班上。」外公補充說。

「這點兒倒是沒錯，現在也是一堆人排隊，排著隊等著被她罵。」飯太碎插話，他表情燒著一股氣焰，把臉龐烘得油油亮亮，才慢吞吞的說：「讓我這個包打聽告訴你們一個祕密吧！你們別說出去。」

「快說。」

「鄭老師被網咖帶壞了，她常進入網咖玩，才變成了壞老師。」

「這也太誇張了，是你想去網咖玩吧？」我與雷達反駁。

「我敢對天發誓，要是我亂講話，就去吃羊大便。」

第四章 外公與怪獸的戰鬥

說到山羊這種生物，課本上從沒教過，我只在羊肉爐裡看過，那是一塊塊放入各種中藥材熬製的湯底裡煮透的肉。直到外公來了，把三隻羊帶入我的生活，我才有機會近距離接觸。但是我不太喜歡羊，尤其公羊有羶臊味，散發濃濃的荷爾蒙。

可是誰會在乎呢？就像一輛跑車，鈑金亮得令人眼睛刺痛，大家依然想開跑車，這解釋了飯太碎與雷達為什麼老是打那隻山羊的主意，他們常常靠近牠，不就是想騎上牠炫耀一番？

「想要騎羊沒這麼簡單，一般的羊不是給人騎的，這些羊讓我騎，是因為牠們是我的朋友，我們早已彼此熟悉了，所以想要騎羊，而不是虐待羊，或者被羊虐待，首先要了解羊的脾氣，要讓羊能認可你。」外公看穿大家的心思，「而且那天騎羊，也是我真的走累了。」

「騎羊有什麼好的？不如騎腳踏車，騎羊肯定很麻煩，你們聽過腳踏車要吃草，或者會鬧情緒嗎？」我覺得他們太浪漫了。

「我們先去割草餵羊，認識羊的習性，說不定牠會讓你親近。」外公帶我們來到旱溪河堤，偶爾一陣強風吹過，將草叢給吹低了，露出各種顏色的垃圾。我們戴上麻布手套，拿著一把鐮刀割草。照外公的解釋，平常放任羊去吃草，牠們會選擇能吃的、愛吃的，不過割草回來給羊吃，也是服務羊隻的方式，畢竟下雨或烈日之下，羊待在羊舍最安全。

「至於羊草的選擇，挑選嫩的比較好，比如……」

「盤固拉草。」雷達說。

「那是什麼草？我沒有聽過。」外公沒聽過這種植物，他手中拿的是芒草。

「大師，這是我的『大神』跟我說的。」

「大神是誰？」

「祕密，大神與大師都是我崇拜的偶像。」雷達喜孜孜的說。

雷達又來了，每回提到「大神」，臉上就燃燒自傲的氣焰，他靠著祭拜「大神」獲得能量與知識，很難想像他拿著香炷，虔誠的跪在地上，祈求神明的樣子。他在學校的功課優異，再靠著祭拜知識之神，在我和飯太碎之間，獲得「四腳書櫥」的尊稱，有疑難雜症問雷達就對了。

「我想起來了。我知道盤固拉草是什麼了，雷達好厲害呀。」外公露出奇特表情，對雷達發出驚嘆，「我在農會上過課，聽人介紹過這種草，可以用來牧羊與養牛，增加牲口的奶量。」

「當然，人稱我『博士通』，不是浪得虛名。」

「厲害。」

「那我可以騎羊了嗎？」

「可以，不過你在騎之前，要問問那隻山羊。」

「問？」

「我想你比較厲害，去問問看羊，也許牠可以讓你騎。」

雷達受到心目中的大師稱讚，臉上露出喜孜孜的表情說：「這是當然。」然後便小跑步去「問」羊，消失在綠油油的草叢。

至於他怎麼「問」那隻山羊？留給我們無限的想像。外公這次帶三頭羊來，最大的那頭公羊，有很強的獨立性格，脾氣特別的拗，到處留下破壞痕跡。外公不放心牠待在家裡，才帶在身邊一起下山。牠今天來到河床上，便獨自跑去覓食，一路往草叢深處鑽去，離開我們身邊非常逍遙。剩下的兩頭中型羊，對外公還很依賴，不敢離得太遠。

「雷達知道盤固拉草，跟他外公一樣聰明。」外公說。

「他的知識常常是死的，所以同學叫他『四腳書櫥』。不過他崇拜的大神，真的很厲害就是了。」我看著茫茫雜草說：「羊到底吃什麼草？」

「你能吃什麼蔬菜，羊就吃什麼。」

「真的？」

「當然，你昨天的餐桌有什麼菜？」

我當然忘記了，包括跟誰吃飯，腦海空蕩蕩沒影子。或者說我根本不在乎，吃什麼都可以，只要能端上飯桌，我就能送進嘴裡。

飯太碎鼓著腮幫子，笑看我乾扁的身材，他說他超愛吃肉，常常想像嘴巴裡不斷咀嚼的，是非洲草原遷徙的動物，但是不包括草原上的任何一根草。

「沒有錯，草原裡的草，羊應該都能吃。」外公說。

「這樣我更喜歡這些羊了，」飯太碎笑嘻嘻，「我知道我吃剩的餿水要給誰吃了。」

「羊不是豬，不吃餿水。」

「那我要邀『鞋子』來吃飯，我家蔬菜多到爆。」飯太碎說。

「『鞋子』是誰？」外公問。

「就是最大隻的公羊呀！這是雷達幫牠取的綽號。」飯太碎說。

說曹操，曹操就到。不，應該是說雷達，雷達就喊救命，只見他驚慌失措，從草叢裡跑出來，說他遭受攻擊了。他一邊跑，一邊大聲尖叫，頭髮與衣服亂糟糟，活像洗衣槽裡打結的衣物，搭配上他誇張瞪眼的臉龐，讓人不知道是該同情他，還是取笑他？

「有隻鳳凰攻擊我，也攻擊『鞋子』。鳳凰超凶，把我的衣服撕破了。」

雷達摸著破衣服，大吼著講話。

「該不會是火雞吧？還是鵝？過去河邊居民會在河床上放養家禽，火雞跟鵝就會攻擊人，可是現在沒人養啦。」外公偏著頭，一邊思考一邊說。

「世界上哪有鳳凰？」飯太碎質疑。

「你敢藐視我的知識，難道我見到的是鬼。」

雷達帶我們重回現場，一邊撥開草叢，一邊揮動雙手，表演他如何抵禦鳳凰攻擊，然後彎腰撿起一根木頭，嘴角泛起邪惡的微笑，「你們最好也抄傢伙。」

我不得不低頭尋覓，正想撿起一個玻璃瓶時，被飯太碎捷足先登了。我轉而去撿一支泥土裡的鉛筆，又被飯

太碎搶走了。現在飯太碎手握兩項武器，而我卻兩手空空，這令我有些惱怒，要飯太碎走在前頭。沒料到他一溜煙跑到隊伍最後，說要防止有人從後面偷襲。我被他這個性惹怒，兩人拉扯起來，這時在隊伍前頭的雷達，突然發動攻勢，他掄起了木棒，發瘋似的對著草揮打，竟沒有幾根草倒下，還不如一陣突如其來的強風，將千千萬萬的草壓倒，露出裡頭公山羊的蹤影。

公羊暴怒著迎向敵人，朝著對方撞去。

可是敵人是誰？那裡除了公羊，四處空蕩蕩。

風再度停下來，雜草挺直腰桿，又把公羊蹤影遮蔽了，只聽得到牠蹬蹄子的聲響，羊鈴響得特別急促，聽來很慌亂的聲音。不一會兒風又來了，又露出公羊的姿態，然後風又走了，遮掩山羊的身影。

到底發生什麼事？急死我們了！

「我們衝進去，趕快救『鞋子』。」雷達說完先退兩步，又再退兩步，扯著我的手臂，下達攻擊令。

「衝、衝、衝。」飯太碎也吶喊，但是身體卻往後退。

正當大家都往後退，有一個人往前衝，身子鑽進草叢裡。

那是身形偏瘦的外公，他衝進草叢，奮勇對抗怪獸了。這令我有些緊張，那隻脾氣激動的公羊，少說也是打架高手，據說牠在山裡是「山霸王」，有一次用尖銳的山羊角，把誤闖農舍的臺灣黑熊趕走，一路用羊角頂著熊屁股，像是把違規球員趕出場的裁判；這隻山羊也曾爬上山壁，對抗一窩虎頭蜂，根據外公的說法，雙方纏鬥到最後，只剩下一堆蜂屍，不是虎頭蜂可怕，而是山壁陡峭得像武士刀，想像牠站在刀鋒上，跟一群子彈對抗，就令人頭皮發麻。這樣的山霸王，打架絕對不輕易輸，羊角隨時保持光芒狀態，看來牠今天遇到對手了。

「完了，外公被攻擊了。」飯太碎說。

「外公的衣服被搶走了。」雷達大喊，「那怪獸專門攻擊衣服，我的衣服就是這樣被撕爛的。」

果不其然，一陣風吹來，壓倒千千萬萬草叢，外公身上的上衣沒有了。風停了，草叢內傳來外公搏鬥聲。接著風又來了，再度露出外公的身影，這次換他褲子被搶走了，這讓雷達、飯太碎大喊糟糕。來來去去幾陣風，把我們搞得瘋瘋癲癲，最後外公的內褲也沒有了，全身光著乾巴巴的皮膚，幾根細瘦的骨頭像衣架，還在與怪獸對抗。

「完了，外公受傷了。」飯太碎好心急。

「他的小雞雞被對手拿走了。」雷達大吼，「不，是他的老雞雞被敵人叼走了。」

外公一手抬高抵擋防禦，一手拿衣服揮舞，像一隻老牛仔，拿繩索在頭頂上拋，作勢要揮趕敵人。在濃密的草叢，風一陣一陣吹過來，遮來遮去的露出與隱藏，弄得我心臟快爆炸。最後我終於鼓起勇氣，拚命衝進割人草叢，換來手臂的幾道血痕，奔赴大戰的現場。漩渦似的草叢中央，戰事呈現膠著狀態，本來打得難分難捨，誰知道我一腳跨進去，打鬥忽然就停止了。

「抓到牠了。」外公大聲喊，用頑皮的口氣說，「幸好你衝進來幫忙。」

「大師好厲害。」雷達與飯太碎齊聲說。

我低頭看地面，右腳下有一團東西，是外公的衣服，裡面包住一隻動物，還在死命的掙扎，力道非常的強大，透過我踩著的腳傳來。要不是我踩著衣服，這動物肯定會繼續攻擊人。

雷達見到大局已定，立刻衝了上來，想要給那隻牠認為的「鳳凰」補上兩腳，大喊：「我制伏專門偷襲人的傢伙了。」

牠不是鳳凰，牠是我夢想中的動物。

第五章　河流帶來寶藏

外公房間有一張獎狀，掛在牆上超過五十年，泛黃的紙張寫著「繪畫比賽」全校第一名，得獎者名字卻是「空白」，旁邊還有一張得獎作品，本來是一張水彩畫，但如今圖畫的邊角捲起，內容也是一片「空白」。

外公得獎的證書，得獎的作品，竟然都是一片空白，什麼都沒見著，簡直是蒼白的過去。

根據外公的說法，它們都曾經真的存在過。外公的曾經很輝煌——那張得獎作品，是旱溪的風景畫，繪畫的內容跟季節有關，忘了是秋天將要離開，或是春天將要來臨前，植物的色澤斑駁，河流的色調乾枯，像越流越遠的旱溪記憶。

空白圖畫得到獎項，令我想起一則笑話：老師帶全班去郊外繪畫，頑皮的小明不想畫圖，到處蹓躂玩耍，等到老師要驗收成果了，他只能拿出空白的畫紙。老師問他在畫什麼？小明說他畫的是放牛吃草。老師氣得大聲問草呢？小明說被牛吃了。老師生氣的扯開喉嚨問，牛在哪呢？小明摸了摸頭說，牛跑掉了。

「你的名字與圖畫內容，怎麼跑走了？」我問。

「這是河流帶來的禮物，所以也被河流帶走了。」外公說。

「不會是圖畫裡的旱溪，自己溜走了吧！」

「不是自己溜走了，真是旱溪拿回去了。」

「你沒騙人？」

外公說千真萬確，他永遠記得每次颱風來，旱溪就暴漲好幾尺，那時河水經常氾濫，流進家家戶戶搞破壞。有一回河水又溜進來，把他的獎狀與作品捲走，他從大水中救回來，但圖畫的內容卻被水沖掉了。獎狀是統一格式的燙金印刷，但是名字是用毛筆填上去，也被河水舔乾淨了。最後想留下證明都沒有了。

剩下空白的榮耀，還有捲縮的空白圖畫紙。

或許，外公講的是真的，他曾經有輝煌的過去。

於是這證明了一項事實：外公小時候成績不好，但他擁有繪畫的實力。我相信這獎狀是真的，得獎的畫也是真的，我應該遺傳了外公的「天分」。因為就在三天以前，我的某張「塗鴉」大作，被老師認為很有潛力，張貼在教室後的公布欄。天曉得這張圖畫，是我根據外公那張得獎的畫作內容所畫出來的。

那是被鄭老師所逼，催促我交繪畫作業，我「聽」了外公描述得獎的那張畫，加上我親眼看過的旱溪，便畫了一張畫作交出去。

不久這張畫被選中了，張貼在公布欄上，與另外四張畫一起「展覽」，但是我很心虛，我的那張圖畫，比較像是來搗蛋的。公布欄可以放五張畫，應該是鄭老師精選四張之後，還得找一張填補空格，但是找不到好作品，這時一陣怪風吹來，吹出我的那張畫。

我的畫被張貼出來，是天大的意外。這使我與外公有連結，或許是我們有血緣關係，我遺傳了他的實力。外公自己也承認，他那張畫得獎也是「意外」，他也是興致一來，站在旱溪旁觀賞，覺得河流充滿豐沛的生命，像是陽光下飛翔的翠鳥，要是不能用畫筆與畫紙捕捉那美好的瞬間，會遺憾很久。

外公說當時旱溪很寬，中間長著野草，夏季暴雨來臨時，河面常瞬間暴漲，旱溪像個怪獸，將所有的東西吞噬，一百公尺寬的河道都是滾滾怒水。大水退去之後，原本的河道上常會出現各種可以用的物品，簡直像免費的雜貨店。他的描述對我來說是天方夜譚，像是不存在的傳奇故事，但是非常新鮮有趣。

「生命就像是河流，你不曉得帶來的是意外，還是一堆寶藏。」外公總是這樣為生命與旱溪下解釋。

「寶藏？現在只有垃圾與髒水。」我說。

「寶藏到處都是，不過如今待在河裡抓魚的人，只剩下菲律賓移工，孩子們都不抓魚了，河裡成了移工的天堂。」

「河裡沒有寶藏啦！」我強調。

「還是有。」

「天呀！這真的是寶藏。」我大聲喊出來，不過這是在幾天之後，地點就在旱溪裡，我看見沒穿衣服的外公，被怪獸欺負了，趕緊衝進去幫忙，竟然一腳踩住了「寶藏」，那是一隻老鷹。

那隻老鷹被外公的衣服纏住了。

更慘的是，外公裸著身體，一絲不掛。

「不行看，看了會長針眼。」接著衝進現場的雷達，摀住自己眼睛，

「大師，你會傷害我的眼睛。」

「又不是沒穿衣服的邱比特。」接著衝進來的飯太碎說。

「家豪，快點把鳳凰搶走的衣服搶回來，還給你外公，不然我們今天麻煩大了，都要用手遮著眼睛走路。」雷達大喊。

「你這隻老鷹，竟敢搶走外公的衣服。」我作勢罵那隻老鷹，想辦法要把纏住老鷹的衣服解下來，但是牠彷彿需要穿衣服似的，把衣物緊緊裹在身上，隨時揮動銳利的鷹爪，讓我沒辦法下手。

「不要解開衣服，那樣老鷹會攻擊人。」外公說。

「對，不要解開，不然牠也會搶走我們的衣服。」雷達大喊，「就讓牠穿著你外公的衣服。」

「你們搞錯了，是我把衣服脫掉，用來包住老鷹。」外公用手遮住下體，說，「老鷹受傷了，不用衣服包住牠，牠會傷得更深。」

我們誤會了。原來那隻公羊吃草時，與受傷不能飛的老鷹，爆發了一場衝突。

雷達喜歡添油加醋，他說話不打草稿，更常不經過大腦，能將下雨後爬出來的蚯蚓，說成是腿被打廢的蜈蚣；把垃圾桶飛出的蟑螂，說成是外星人入侵，還把鄭老師說成褪皮的蛇，這就不難理解他的誇大其詞，把山羊與老鷹的衝突說成世紀大戰。

羊鷹之戰開打之後，外公衝了進去，看見老鷹反擊，趕緊脫下衣服困住牠，衣服不夠用，便脫下褲子，最後連內褲也用上了，才會變成雷達口中的鳳凰搶走外公的衣服。

「外公，那個東西太刺眼了，太傷害我的眼睛了。」雷達說，他不敢直視外公的裸體。

「好刺眼的寶藏呀！」我看著那隻老鷹。

「那不是寶藏。」雷達說。

「牠真的是寶藏。」我想起外公說過，生命是一條河流，你不曉得帶來的是意外，還是一堆寶藏。

現在我相信了，這隻老鷹是寶藏，我夢寐以求的動物。

我愛這隻老鷹，勝過那頭山霸王。

這隻老鷹是大寶藏。

現在我終於相信，河流是輸送器，會帶來你想要的東西。最後是我用力踩住衣服，制伏了這傢伙，雷達上來想上補兩腳，卻被我推開倒在芒草堆上，手臂被葉子割傷，我沒理會他不悅的表情，只關心腳邊受傷的老鷹，牠因為受傷而痛苦掙扎。

「我們要去醫院。」我說。

「這點小傷，實在不用上醫院。」雷達站起來，看看手臂的傷，流出來的血都餵不飽一隻蚊子。

「不，一定要去醫院。」我說。

「馬上出發。」外公說，「牠確實需要幫助，所以我才將牠抓起來，目的是為了保護牠。」

我抱起被衣服包著的老鷹，決定上動物醫院，外公跟在後頭。雷達看了很傻眼，他誤以為我們要送去醫院的人是他，沒想到被晾在原地。飯太碎驚訝的看著外公裸身，大喊不穿衣服會傷害路人的眼睛。外公看了自己一眼，確實是光溜溜的，他左右瞧瞧，從一棵漂流木上撿起破衣服，往自己身上一套，又拉出河沙裡的一截藍布，敢穿上它就成了褲子。

我們走過五家牙醫、三家家庭診所、兩家眼科與小兒科，才找到一家動物醫院。我抱著老鷹，用肩膀頂開門，牆邊籠子裡的五隻狗與貓，都瞪大眼睛看著我。我走向櫃臺，掀開包裹老鷹的衣服，讓櫃臺的小姐看。

櫃臺小姐驚訝說：「我們沒有收這種動物，我們只收狗、貓，還有烏龜、兔子或溫馴的動物。」

「可是這是動物醫院。」

「動物分好幾種呀！我們這邊只收可愛動物。」櫃檯小姐起身走過來，順手撕開ＯＫ繃，貼在雷達受傷流血的手臂。

「我不是動物，我是人類。」雷達撕掉ＯＫ繃。

「動物醫院就應該幫助動物，這是拯救動物的精神。」外公把聲音提高，「動物醫院不收老鷹，就像是醫院只收臺灣病人，不收外籍移工，是吧？」

醫院外頭有一群小朋友，發出聲音認同，要求醫院不要有差別待遇。這群小朋友怎麼來的？原來我們一路送老鷹到動物醫院，還有三隻羊跟在後頭，再加上服裝古怪的外公，浩浩蕩蕩走在路上，成了吸人目光的大磁鐵。外公的衣裝破爛，有幾處纖維破得離譜，彷彿從土裡爬出來的怪胎，說是乞丐裝也行，實在是太過招搖。

「我們不是無良醫院。」獸醫從隔間走出來。

「那怎麼會不收老鷹。」外公說。

「小聲點。」獸醫解開薄薄的橡膠手套說，「不要嚇到我的病人，那隻

毛孩子喜歡亂吃東西，吃了一公尺的線，腸道還有異物。我們待會要幫牠手術了。」

「那你收老鷹嗎？」我說。

「收，我看一下。」醫生掀開包裹的衣服，仔細看著老鷹，皺著眉頭說，「我會幫牠照X光，檢查牠的翅膀，為牠澈底服務。」

「你是好醫生。」

「當然，不過老鷹照X光與檢查，費用大約三千元。」

「三千元？」我大喊。

「當然，我們會付錢。」外公想起什麼似的，

往口袋掏錢。外公不掏還好，掏出來的都是絕望，引來門外小朋友笑聲。

他從上衣口袋翻出幾片葉子，又從褲子口袋掏出一把沙子，像破掉的沙漏撒在地上，惹得櫃臺小姐很不高興。大家的笑聲最後來到高潮，外公從口袋掏出幾張粗糙的黃紙，那是燒給鬼魂的冥紙，醫生連忙搖頭不收，我則低下頭覺得丟臉。

「不會有錢的。」雷達說。

「外公，你的褲子只有垃圾！都是旱溪的垃圾場。」飯太碎大喊。

「河流會帶來寶藏的，像是老鷹，還有……讓我看看還有什麼。」外公挺起身子，比較容易將手伸進口袋深處，瞬間他拿出幾張紙，攤開來都是千元大鈔，他說：「三千元，是旱溪送的禮物。」

那一刻，動物醫院外的小朋友發出歡呼，連我也瞪大眼不敢相信，但是千真萬確。外公從口袋掏出三千元，每張都是真鈔，正好可以用來醫治這隻受傷老鷹。

第六章 家庭動物園

現在這隻老鷹養在我家接受照顧。牠的翅膀沒有骨折，但是羽毛損壞了，暫時沒辦法飛行，我用布包著牠，避免牠掙扎弄傷身體。我每日餵牠吃碎雞肉，還有動物的內臟，期待牠再度展翅飛翔。

能撿到一隻傲視群雄的老鷹，不是簡單的事，要不是牠受傷，我怎麼能有緣與牠相處？這就像是命運的安排，隨便在河邊撿到一件破爛的褲子，都可以從中掏出三千元。這個天大的意外之財，再接下來幾天，成了我與外公的話題，只差沒把舌頭講出水泡。

「太幸運了，河流帶來寶藏。」我說。

「太棒了。」外公說。

「連一件爛得像抹布的褲子裡，都能掏出三千元。」我成天把這件事掛在嘴上，彷彿不拿這來聊就不過癮。

「其實，那三千元本來就是我的。」

「什麼？」

「它原本放在我衣服口袋，我用衣服蓋老鷹時掉出來，我撿起來放在鞋子裡，後來嫌走路卡到腳，便放在口袋裡。」

「這……太神奇了。」

「河流會帶來驚喜，但你得先準備好姿勢，才能撈起來，我只是把錢準備好，換個姿勢拿出來而已。」外公抬起頭說，「你看，這麼多人來看你從河流撿到的寶藏。」

一群人在飯太碎的帶領下，從後門進來庭院。他們是來看這隻老鷹，以及聽故事與瞻仰傳奇，故事中外公被封為「無衣大師」，光著屁股生擒巨大的猛禽。

雷達有表演天分，活像猴子跳上跳下，他揮著脫下來的衣服，穿插著鬼吼鬼叫，演得誇張又爆笑，大家被這幕惹得大笑。雷達的表演不是事實，但是誰會在乎呢？畢竟眼前活生生的老鷹，強化了他表演的真實性。

「感謝雷達、飯太碎的解說，絕對值回票價。貨真價實的老鷹，這次不來看，下次就看不到了。」我大聲吆喝著，拿出一個小型塑膠盆，「現在開始收門票費，每人只要五十元。」

「每人五十元，這是天大的優惠，比臺北動物園便宜。」飯太碎說。

「好貴呀！」有人說。

「不貴，不貴，這些錢我們不會放在口袋，全部拿來救這隻老鷹，捐錢救治生命是值得的。」雷達拉開喉嚨講，越講越大聲，越講越激動，逼得大家得把手伸進口袋掏錢，不然會有罪惡感。

雷達講的是真話。我們把錢拿來救老鷹，包括醫療費、絞肉費，還有「動物園管理費」。不過，他把合理的行銷話語越說越誇張，直到他說「再不掏錢救老鷹，你們就是見死不救，就是冷血動物，下次再來到這裡，就是參加老鷹的喪禮」，聽得我連忙請他不要再講了。

但雷達並沒有閉嘴，興奮得把音量提高兩度，忽然間他卡彈不講了，那張誰也阻止不了的機關槍瞬間停止，臉上懸個空蕩蕩的嘴巴。

肯定是趙曉雲來了，只有她能對雷達造成衝擊，帶來這麼大的力量，至於是吸引力還是阻力？那就見仁見智了。

我往門口看去，果然是趙曉雲。她臉上掛著一絲冷淡，這來自她的美麗，再加上她優秀的成績，簡直可以說是才華洋溢，無論繪畫、鋼琴、書法或演講都行，缺點是運動細胞很差，嬌嬌弱弱的身軀。不過雷達對她的嬌弱，提出非常哲學的見解：「一朵美麗百合花不用會跑，她需要的是全力盛開。」

「這隻老鷹的學名叫大冠鷲，又名蛇鵰、蛇鷹，這是因為牠們會捕抓蛇類，」雷達開機講話了，再度提高音量，眼神面對趙曉雲的方向，「牠平常利用熱氣流，在天空盤旋翱翔，發出『呼、呼、悠悠呀』的叫聲……」

「還有呢？」趙曉雲問。

「牠們的生活範圍，以五百公尺以下的淺山區和丘陵地區為主，喜歡人類開發過，但人口密度不高的地方，尤其是森林間隙地帶，最好靠近水邊……」

「牠們為什麼不吃素，要殺生？」趙曉雲又問。

趙曉雲發問時，朝我這裡看了一眼，看得我一頭霧水。這什麼鬼問題？我打從心底反駁。問老鷹為何吃素，就像問螞蟻為何有六隻腳、蜈蚣有廿三對腳，魚類沒有腳，這不是天經地義的事嗎？

但我更不喜歡的是趙曉雲的眼神，那是一種帶著挑釁的鋒芒，直接朝我這兒殺過來。不過雷達出來擋刀了，他挪動位置，站在我與趙曉雲的中間，說，「這是個好問題，連我這麼聰明絕頂的高手，都沒有想到解答，我暫時無法回答，不過會回去請教我的『大神』。」

「連這都不懂！不過至少你七竅通了六竅。」趙曉雲說。

「感謝你高明的稱讚，請問我還有哪一個竅門不通？」雷達早已經知道這句話是陷阱，卻明知故問。

「只剩一竅不通。」

「好個一竅不通呀！說得太好了。」雷達陷入快樂甜蜜的微笑，「你還有什麼疑問？我這半桶水可以為你服務。」

趙曉雲走向我，問：「這隻老鷹叫什麼名字？」

「還沒取名字。」

「怎麼會沒有名字？牠叫做『雷公』。」雷達說得起勁，瞬間為這隻老鷹找到封號，「因為牠被高壓電線電到，電流從翅膀流出來，造成翅膀羽毛燒焦。」

「那怎麼會叫雷公？雷公會被自己電傷嗎？」

「這符合科學定律呀！雷公打雷時，會被自己發出的電流電到，但卻不會有事。你聽過電鰻把自己電死的嗎？」

「喔！這解釋很合理。」

這一點都不合理，老鷹還沒有取名字，雷達竟然急著給出名字，只為了討好心儀的女孩。不只如此，雷達看趙曉雲的眼神，散發出一種濃烈的味道，像位在巴布亞紐幾內亞的「天堂鳥」，跳起求偶舞時直逼熱情的破表數值，超過面對一般同學的講解。這造成不少人不滿，不是嫌惡的瞪著雷達，就是看我手裡的錢桶，希望拿回他們捐的款項。

只見趙曉雲朝我走來，白皙的臉孔有點冰冷，朝錢筒扔了一個目光，眼裡充滿著傲氣，把我當成乞丐似的看待，令人不舒服。

「你這個樣子，像喜宴結束之後，在門口給人發糖果。」趙曉雲說。

「這是收門票錢，我們會把收到的錢，拿來治療老鷹。」我說，並且迎向她怪異的眼神。

「一人多少錢？」

「你可以免費。」雷達趕緊諂媚說。

雷達的愛情病又發作了，走過來討好趙曉雲，他說剛剛的志工解說有瑕疵，有幾項細節不是沒說，就是說錯了。

一旦雷達對上趙曉雲的眼神，他的心便在練跳高，跳到澈底勒住喉嚨，竟然說出「我講不好，這不用收門票錢」，簡直被愛情沖昏頭，也惹怒了其他同學，紛紛發出抱怨聲，走來錢筒旁伸手想把錢拿回去。

我哪裡願意退還，把錢筒往身後藏。那些來吵著還錢的同學，因為拿不到錢，氣得紛紛走了。

「你會為那隻老鷹取什麼名字？」趙曉雲問。

「還沒有想到，但是不會用雷公這名字。」我說。

「我倒是想到一個好名字，我覺得不錯，」趙曉雲提高音量說，「真該叫那些同學回來聽聽，這名字很悅耳。」

「這名字一定很好聽。」雷達伸長脖子說。

「ㄔㄠ ㄒㄧˊ。」

「是『曹璽』？這名字聽起來就是詩人，我覺得還不錯。」雷達看著我的臉說：「這真是好名字。」

「你知道是麼回事吧？你這個小偷，從別人那裡偷東西，好擠進班上畫圖評選，我要把你舉報出來，時間就是下星期的班會。」

我聽得一頭霧水，不懂她在說什麼，然而我的內心有條緊繃的弦，把我的胸口撐得不舒服，更令人不舒服的是雷達，他簡直就像在弦上跳躍，對著趙曉雲不斷點頭。這時候那隻公羊出現了，悄悄靠近趙曉雲。牠的體味很濃，有鼻子的人都聞得到，但是趙曉雲的鼻子另有他用，正在用來吐出氣焰，沒發現這傢伙慢慢靠近，還咬起了她的裙子。

等趙曉雲發現這件事情，嚇得花容失色，趕緊把裙角扯回來。

山羊哪裡肯鬆口，牠靠著蠻力拉扯，慢慢後退，讓纏鬥的趙曉雲不得不跟上去。

一人一羊陷入一場大戰，大家卻不知道怎麼辦，只能拍打山羊，要牠趕快鬆開嘴裡的裙子。歷經一番混亂之後，趙曉雲用力一扯，終於把裙角搶回來了，卻慘跌個狗吃屎，整個人頭下腳上的模樣，讓她有幾秒暈過去，搞不清楚地心引力在何方，拚命想站卻站不起來，直到被雷達扶起來。

「這筆帳我會算清楚的。」趙曉雲快哭出來，說完便氣沖沖的離開了。

第七章 民主式投票

我們清理戰場，現場有些恐怖。山羊留下大便，還到處啃物品，整個地方簡直像被「屎彈」轟炸過。有些大便落在沙發縫隙，或是某人的鞋子裡，我不想媽媽回家時受到驚嚇，這種軟綿綿的東西，會引發她情緒過敏，讓她立刻爆氣，想到這裡我不自覺的加快清理的速度。

山羊最好待在羊舍，但是羊舍的目的，不是限制羊的活動，而是防止野狗攻擊。羊舍平時沒有拴緊，牠們可以經常跑出來。今天我們把注意力放在老鷹身上，沒發現牠們溜進客廳，大搖大擺的作亂，甚至頂開冰箱的門，把廁所衛生紙抽得到處是，更「慘絕人寰」的是，牠們進入我的房間，做了我向來想做的大事業——把作業本當作敵人撕爛。現在「敵人」被碎屍萬段，房間到處是紙屑，我卻擔心要怎麼收拾，腦袋一片嗡嗡叫，一旁的雷達、飯太碎還不斷說著：「早知道這樣，我也要把作業拿過來，給這三隻碎紙機絞碎，就不用交功課了。」

但才過一天，隔天上學的時候，好友相挺的義氣全沒了。

飯太碎猛說風涼話，直逼工業級電風扇的威力，說我的作業本沒了，肯定會發生大事，因為鄭老師很看重功課。我是班上的「丟作業大王」，聽飯太碎說完擔心極了，但是我又能怎麼辦？只得裝作不在乎，與飯太碎射橡皮筋，瞄準人當靶心試射，射到雷達卻沒反應。

雷達今天安靜許多，看著窗邊的空位，那是趙曉雲的位置。從來不請假、也不遲到的她，座位卻空蕩蕩的，雷達的心裡肯定也空了。

上課鐘聲響起，鄭老師走進教室，手中拿一根藤條，大喊：「還吵，你們永遠像蛆一樣動不停，而且是油鍋上的蛆。」

我看見那根藤條，明知老師不會體罰，心跳還是慢一拍，預感有事要發生，手中橡皮筋不聽話的射歪了，恰巧往鄭老師的方向射去。還好橡皮筋往高處射，射中老師頭頂的天花板，最後落在日光燈管罩上頭，吊著半圈橡皮筋。接下來的時間，我的注意力都在那根橡皮筋上，只要鄭老師用藤條打黑板，那根橡皮筋都會晃動。

「不要說我不民主，今天我就要實踐它。」鄭老師拿藤條打黑板，「我們現在來實施民主票選。」

「不會是選班長吧！」飯太碎低聲說。

「是選出我們班上的繪畫代表。」鄭老師走下講臺，走到後頭的公布欄，用藤條指著五張畫，說：「一人一票，選出你們心目中的作品，票數最高的可以代表我們班參加繪畫比賽。」

飯太碎向我靠過來，悄悄說：「我一定投你一票。」

「你們憑著自己的審美，把票投下即可。」鄭老師說。

「你不投給張家豪，我們以後的關係會很爛，像臭水溝那樣發臭。」飯太碎向座位左右兩邊的人拉票，「還有你也是，要投給家豪。」

「千萬不受到他人影響，更不接受買票。」鄭老師在臺上說。

「投給張家豪，免費到他家看老鷹，說不定還可以騎上山羊。」飯太碎小聲對座位前後的人說話。

接下來的時間，鄭老師要求我們到教室後頭，把這五張畫欣賞一遍，選出自己心中的佳作。人群排隊走過五張圖畫，把它們當藝術品看，假裝看得很入迷，尤其是飯太碎、雷達看到我的那張圖畫，更是兩掌合十膜拜，就像看到天神降臨。

不過雷達看到趙曉雲的圖畫，頓時變得好安靜，那才是真的欣賞。那張圖的內容，是一朵插在琉璃瓶裡的鳶尾花，姿態婀娜動人，受盡了陽光眷顧。我不覺得那朵鳶尾花有什麼意涵，但是我了解雷達的心理，雷達肯定認為那是趙曉雲的化身。他認真的凝視，要不是被後頭幾個人推了一把，他才不想移動位置。

「好的，在正式投票前，我要五位畫圖者，到臺前為自己說幾句話，這算是政見發表，幫自己拉票。」鄭老師說。

「要是畫圖者不在場呢？」

「各位可以自告奮勇幫畫圖者推薦，講講話也行。」

大家望向趙曉雲的位置，為她感到可惜。她伶牙俐嘴，那張嘴天生用來演講、辯論與罵人，不太像用來吃飯，剛好跟我的嘴相反。我想到要上臺講話，身體就開始發抖。這時我的老毛病又發作了，拿著筆在紙上畫著不斷線的彈簧圈，一圈又一圈，一圈又一圈，就是想不出如何推薦自己的作品，耳朵裡灌滿了聲音，都是入選者在臺前的自我推薦語：「我的畫非常棒，看得好舒服，我是用梵谷割下耳朵的精神作畫」、「來喔！來投我的畫喔！整條街就是我的畫最高尚，有濃濃的烤肉味」、「我跟各位保證，我的畫，連我家的貓看了，都會飛起來」。

鄭老師說他們講得有些誇張，但是效果還不錯，反正是為自己拉票，票數最高的同學，將代表班上參加校園比賽。

「代表班上去參賽，是無比的榮耀。」鄭老師說，還把身材一扭，惹得幾位同學發笑。

我一聽，身體裡的血液立刻涼了，舌頭也僵住了。

要是我被選出來，還得去參賽，簡直要我的命。我心裡這麼想著，雖然另一方面我也挺猶豫，畢竟我從來沒出過鋒頭，沒當過帕加尼跑車，要是代表參加比賽，也可以算是風雲人物吧。

參加與不參加，兩股力量讓我為難，還是讓命運選擇吧！如果我站上講臺，只要被「害怕」打趴，講不出話，這樣我澈底就輸了，沒有機會出去參賽，那就不再為難了。

「張家豪，你怎麼不講話，講呀！」鄭老師說。

「老師，我可以幫他講話嗎？」飯太碎舉手發言，「就像趙曉雲不在也可以有人出來推薦。」

「張家豪人在現場，不行。」

「拜託，人非常好的鄭老師，我只要推薦一句話就行了。」

「好吧！只能一句。」

「我只會講一句話。」飯太碎站在臺前，全身的表演細胞，立刻像汽水氣泡爆發。飯太碎果真是天才中的天才，過程只講一句話，但是卻花了三分鐘表演。

只見飯太碎雙手展開，表演鳥類飛翔與俯衝，然後將兩隻手放在額角，演起山羊的模樣，最後在地上打滾，看不出在演什麼，卻贏得大家的笑聲。最後，飯太碎站起來說：「張家豪的圖畫裡充滿動物的精神，讚！」然後，懂得的人笑了，不懂的也笑了，反正飯太碎演得很好笑。

「接下來，有人要為趙曉雲的圖畫，講幾句話嗎？」鄭老師詢問，卻無人回答。

我有股衝動，想為趙曉雲講幾句話。她的畫太棒了，那是一幅可以在掛在美術補習班的展示品，畫作結構很均衡，色彩鮮豔豐富。我沒有看過鳶尾花，但是趙曉雲的畫給我美好想像，感覺這花開在這世界上，竟能如此美麗高雅。

「最後一次問，有人想為趙曉雲拉票嗎？」鄭老師問。

我忍不住舉了手，然後所有人看過來。

「你願意為競爭對手講話？」鄭老師瞪大眼睛，一副不可置信的表情，她接下來講的話特別勵志，「你太勇敢了，值得嘉獎。」

「我想去廁所。」我說。

「你是尿王嗎？」

鄭老師的罵聲引起了哄堂大笑。我真該被罵，真的好孬種，我原本想為趙曉雲講幾句話，誰知道「勇氣」扎到現實的大鐵釘，立刻洩光光了，只好找藉口尿遁。

「鄭老師，我可以幫趙曉雲講幾句話嗎？」雷達舉手，獲得同意後，吞了口氣說，「趙曉雲的畫，給人溫暖美麗的感覺，我剛剛看了好久，有種陽光與鳶尾花談戀愛的溫度，想要伸手去觸摸。」

這番話讓大家不是笑，就是猛點頭，畢竟講出「戀愛的溫度」這類字眼，是會被眾人取笑的。但是不少人又覺得，雷達講的確實如此，趙曉雲的圖畫帶給人一種奇特的感受。這也讓我中斷了尿遁計畫，靜靜坐在椅子上。我縮著肩膀，覺得自己看起來平凡無奇，趙曉雲當然會勝出。也許，這就是我想要的結果，並且對自己的膽小感到無奈。

接下來的投票時間，大家站到臺前，朝紙箱投下自己的一票。

雷達深情將票投入箱子，臉上有種鳶尾花盛開的笑容，惹得排在後頭的飯太碎小聲說「叛徒」。雷達反駁說「哪有，你有看到我選誰」、「看就知道啦」、「聽你放屁啦」、「最好是這樣啦，你這叛徒」，最後兩個人越吵越大聲，被鄭老師制止，罵兩人是民主選舉的老鼠，出去教室外罰站。

公布票選的時間到了，老師從票箱拿出選票，一一唱票，走廊的雷達與飯太碎也安靜下來，上半身從窗臺探進教室瞧。我默默坐在位置上，認真向老天祈禱，希望任由命運做決定的結果，能讓我扎扎實實落選，成為被遺忘的人，成為一個失敗的人。

但是事與願違，命運轉了一個彎，飯太碎那場鬼畫符的默劇表演，幫我拉了不少票。每當我聽到鄭老師高喊「張家豪一票」，我就覺得自己又被槍擊一次，想變成躲在角落的蟑螂。

然後更誇張的事發生了，我與趙曉雲的票數相同，都是十五票，大家發出驚嘆聲，直說不可思議。

我不得不相信，這是命運的安排。

說曹操，曹操就到。沒錯，趙曉雲來了。

「你遲到了，失去為自己畫作推薦講話的機會。」鄭老師轉頭說，「不過，雷達幫你講了幾句話。」

「我沒有遲到，是及時趕到。」

「有差嗎？」有同學說。

趙曉雲沒有再回答，從書包抽出一本畫冊，封面有些破爛，上頭貼著圖書館的標籤。她翻開那本畫冊，兩手高高舉起，說，「我早上趕到市立圖書館，終於找到了，我印象中以前看過。這本是早期的縣市得獎畫冊，你們看清楚這頁，它的構圖與張家豪的圖畫，完全一模一樣，這不叫抄襲，什麼才叫抄襲？」

全班一片嘩然，大家紛紛站起來，湊上去看仔細，果真有幾分相似。

「抄襲，投票無效。」趙曉雲的臉上掛起微笑。

怎麼會這樣？我心想，這世界真無情，我雖然不想比賽，但也絕不想被人說是抄襲呀！命運再次開了我玩笑。

第八章 你將來會讀放牛班

早晨，我騎著腳踏車，前往河堤給外公送早餐。

我得叫他早點回家，今天是大日子，爸爸要回來辦離婚。

我把車子停在河堤內，爬上龜裂的水泥河堤。早上八點的陽光非常刺眼，從河面那頭耀眼照來，在玻璃罐、榕樹葉面與河面曲折的地方，留下粼粼的反光。外公身上的汗水發光，這麼努力的汗水是信號，讓我朝著目標前進。正在割草的外公，將鐮刀收拾好，把最後一綑鮮嫩芒草綁緊，幫羊準備食物的工作就此結束，我們找了一棵高聳的苦楝樹，待在樹蔭下讓外公稍稍喘息。

「外公，這世界有沒有一種感覺，會神奇的在兩個人的腦海裡，留下很相似的記號。」我說。

「喔！你終於也到了這個年紀，你喜歡上誰了？」

「不是。」

「只有喜歡誰才會這樣說。」

「不是的，我想告訴你一件事。」我站起來，找個蔭涼的地方講話。烈日終於賣俏，往樹梢上爬，原先位置的樹蔭沒了。外公加快速度，把早餐吃光，罐子裡的水喝光，對莽莽的草叢吼了兩聲，一串羊鈴聲便鑽了出來，外公把幾綑青嫩的芒草放上羊背，我們便一起回家。

「你是說，你畫出了一張跟我一樣的圖畫。」外公聽完我說的話問道。

「應該是說，很像，因為還是有點差別。」我牽著腳踏車，「可是我從來沒有看過你畫的圖，它不是被河流帶走了，只留下空白畫紙嗎？」

「那你怎麼知道我的圖畫內容？」

趙曉雲高舉那本畫冊，露出得意的表情，以及她大喊「抄襲」的聲音，還在我腦海迴盪。那場景真是荒謬，在同班同學面前，被趙曉雲判定抄襲別人的作品。我有種被羞辱的感覺，但是很快的發現，這不就是我要的失敗？再也不用死命往前，朝向漏斗般越來越窄的成功出口，跟人家磨蹭競爭了，那會蹭得滿身是傷。

當時我鼓起勇氣，起身往教室前方走去，認真觀察趙曉雲高舉的畫冊，真的跟我畫得很像，原來外公的記憶牢牢種在我腦袋，那麼深刻，也那麼深情，總有破殼而出的日子。

「然後呢？」外公問。

「鄭老師觀察那張畫很久，她說圖畫的用色很像，但是結構有些差別，不能說是抄襲。」

「鄭老師果然有美術細胞，我記得她當過繪畫比賽的校內指導老師，但不知道什麼原因，後來完全退出了。」

「鄭老師說，半個月後要帶大家去寫生。」

「怎麼突然去寫生呢？」

「她要我跟趙曉雲再比一次，贏的代表班上出去比賽。」

「你想贏嗎？」

這時我們來到住宅密集的地區，人聲多了些，偶爾有機車轟隆聲，在馬路上衝過去，遠處的攤販吆喝著，為自己商品說上幾句話，只有我沉默幾秒，清楚的聽著腳踏車鍊條轉動的響亮聲音，才說：「不想。」

「走，我們去慶祝。」外公看著街口的燒餅店。

「慶祝什麼？爸爸這時應該在家裡等了。」

「慶祝你爸媽離婚吧！」

「什麼？」

「吃好吃的東西，要找藉口才更爽，慶祝離婚是好藉口，慶祝你預知自己失敗，也是不錯的理由，更慶祝趙曉雲提早成功。」

果然，享受美食要藉口，或者不用藉口，只管吃就好了。我們坐在燒餅店的凳子上，靠著那年代已經久遠，帶有微微黏性的桌子喝豆漿、吃燒餅，看其他的孩子圍過來，對那幾隻羊指指點點。公羊是聚光燈的焦點，牠的眼睛迷濛，隨時在地上找東西吃，要是不阻止牠，牠會連菸蒂、檳榔渣、報紙、塑膠袋都吃下肚，惹得圍觀的小孩大叫「好厲害的垃圾車」。

外公食量真大，剛剛吃完早餐，又跑來這家燒餅店，仰頭喝光一碗甜豆漿，心滿意足的說，「爽快，好時光聚過一次就少一次，好食物也是這樣。」他對附近的巷口充滿記憶，對這裡的食物念念不忘。

食物也是一種記憶，每吃一次「老」食物，就回到最初的美好狀態，彷彿是生命充電的過程。但是我吃得很不安心，我有任務在身，得催外公趕緊回家，當爸媽的離婚證人，現在卻停在半路上吃東西。不過外公又說服了我，他說辦離婚不用著急，反正都要分手了，讓爸媽最後多一些相聚時光，何嘗不是件好事呢？

回到家門之前，外公從後門把羊群趕進院子，把草從羊背上卸下來。飯太碎與雷達在餵老鷹，對我們回來不感興趣，他們的注意力都在老鷹身上，尤其是牠肛門的噴發力量。沒錯，那是一門藝術，可能連世界上的繪畫大師畢卡索，都無法理解的創造力，但我僅僅看了幾眼而已，還沒辦法講清楚，就去關心爸媽的離婚程序。

我走進客廳，發現這裡是家裡最冰冷的地方，我每多呼一口氣，都證明自己的感受是對的，尤其是爸爸翹著二郎腿，看著我的作業簿搖頭嘆氣，那顆頭再搖下去肯定會斷掉，害家裡變成凶宅。我一刻也不想待在這兒，這時我瞧見弟弟對我招手，他坐在二樓的樓梯口，讓我有逃脫的機會，我一溜煙跑過去。

弟弟拉著我到房間裡，急忙說：

「你的帕加尼跑車呢？我剛剛找了好久找不到。我要拿回來了。」

「你不是送給我了？」

「我們班男生最近流行玩名車模型，我不能輸給他們。另外，我們的東西可以互通，不要分你的我的，那樣多麻煩。」

我伸手從床下的祕密空間拿出超級跑車模型，它流暢的外型就像安第斯山脈風神——也是它名字的由來，配合大開口的進氣孔，非常酷炫拉

風。這些都是弟弟跟我說的，他是知識小百科，是爸爸的復刻版本，要是再這樣下去，他遲早會破解一些數學界奇特問題，像是那些難以解開的假設，比如吉爾布雷斯猜想或哥德巴赫猜想。但是現在我的猜想是，如果弟弟拿回這輛跑車，肯定不會再還我了。

「我們的跑車多拉風。」弟弟看到跑車，臉上露出喜色。

「不久就不會這樣了，你這麼聰明，遲早算出我頭上有幾根頭髮。過了今天之後，你爸爸還是你的爸爸，你媽媽還是你的媽媽，但是我爸爸就不會是我的爸爸了。」我說。

「你不應該不滿足。你想想看，至少你媽媽還是你的媽媽。」弟弟搖搖頭，瞪大眼睛看我，「我會想辦法，扭轉你在爸爸心目中的形象，不過我還想不到怎麼做，先暫時叫做『帕加尼計畫』，我回去再仔細想想。」

「真的？」

「當然，我的腦袋是用來放成功，不是放失敗的。」

離婚簽字程序結束了，我聽到樓下的呼喚聲，那是爸爸叫弟弟離開的聲音。弟弟對我眨了眨眼睛，保證他會想出一個成功的計畫，然後一溜煙下樓去了。

爸爸把雜物放進公事包，鄭重拉上公事包的拉鍊，他這次離開家門之後，便不會再回來了，這個家最後一次裝著他的身影，透過玻璃的晨光繽紛照亮著他，最後家聚的場景，突然令我內心生起淡淡的感傷。我們一家四口，再也不可能坐在一起了，這是最後的機會，於是我安靜看著這一幕，看著父親收拾東西出門，多麼希望他多看我一眼。

我的希望應驗了。

爸爸果然回頭看我，但是臉是扭曲的，然後嘴巴也扭曲的張開，他說：「家豪，以後就是你媽媽管你了，我不知她會怎樣教你，但是我是越來越擔心你。我剛剛坐在這裡，隨手翻你的功課檢查，你的作業放在髒兮兮的袋子裡，我買給你的書包呢？」

「書包不見了。」

「書包不見了，你白痴啊你！怎麼不見的？」

「不知道，莫名其妙不見了。」

「你的頭怎麼不會不見啊你？」

「頭長在身體上。」

「你的書包不是背在身上，它會長腳跑掉？你智障啊你！」

「真的是莫名其妙不見了。」

「你有病吧你！怎麼不把頭也莫名其妙搞不見呢？」

「頭不會不見啊！」

「我被你氣死了，給我坐下來，你沒救了你。」爸爸坐回客廳沙發，身子沉沉摔上去，這顯示怒氣多麼沉重，簡直快要爆炸。

「你的功課錯字好多，中文寫得狗屁不通，我隨隨便便在後院挖出來的蚯蚓，放在白紙上扭來扭去的痕跡，都比你寫得好看。數學解答都亂寫，你沒救了你，後院架子上養的那隻雞，要是由我教牠半個月，牠的數學也比你強太多了。」

「爸爸，你教了我六年數學。」我說。

「那你比後院的雞都不如啊你。」

「那不是雞。」

「不要說牠會飛這種狗屁話。」

「牠真的會飛，要是牠羽毛長好，牠就是一隻老鷹了。」我說，「我可以帶你去看牠。」

「家豪說的是真的。」外公終於主持公道。

「爸……」爸爸猶豫了一拍，他原本叫外公「爸爸」，卻改口：「李先生，我教育孩子的時候，請你不要插嘴，而且我剛離開這個家，它就變成動物園了。」

「我喜歡羊。」我反駁。

「那你懂牠們喜歡吃什麼，牠們的習性是什麼？你知道嗎你？」爸爸越講越生氣，然後轉頭問弟弟，「嘉明，你說說看，羊最喜歡吃什麼？」

「我真的不知道。」弟弟緊張的搖頭，他有理由緊張，他是爸爸培養出來的數學天才接班人，竟然不知道答案。

這時在後院照顧老鷹的飯太碎、雷達，被爸爸的怒聲吸引，縮在客廳旁偷看，他們沒有把後門關好，三隻羊大大方方走進客廳，彷彿在取笑弟弟連牠們吃什麼都不知道，咩咩咩叫個不停，叫得弟弟很無奈。

我幫爸爸與弟弟解圍，一邊把羊趕走，一邊解說羊的習性，比如羊隻怕熱，所以放羊得趁早；羊吃的草不能沾露水，收割後得甩乾，羊吃了後才不會肚子疼。但是羊太愛吃啦！什麼都能夠塞進肚子裡，吃掉王伯伯菜園裡的菜，吃掉林伯伯種植的玫瑰花，還將垃圾場的香蕉皮、橘子皮都吃掉了，不只是如此而已，牠們還會吃舊報紙，甚至把塑膠袋也吃下肚子。

我說完這些常識，外公不斷點頭，飯太碎、雷達也豎起拇指。

這是我跟羊相處幾天的結論，並不會太難。

「嘉明，你連這都不知道，但這樣讓我好安心。」爸爸對弟弟說，安慰完全答不出來的他。接著爸爸轉頭面對我，他的眉間緊鎖，肉丘會夾死蟑螂，說：「家豪，你太懂動物了，我很擔心。」

「這樣不好嗎？」

「你應該成為有用的人，像你弟弟讀書成績很好，根本不用懂那些沒用的東西，那些動物植物的問題，讓你成了『放牛班』的學生。」

「什麼是放牛班。」

「就是不會讀書的笨蛋，到了國中之後，安排到成天鬼混的班級，被老師澈底放棄，像是放牛吃草，你這輩子就去吃草吧！」

爸爸憤怒的說完，氣得把我的作業本丟掉，朝那三隻羊甩去，彷彿在懲罰那三隻羊，然後起身帶弟弟離開。

大門砰一聲關上，嚇壞大家了，我感覺跟爸爸的關係，也被重重關上，形成一個黑暗世界。倒是那三隻羊，嚼起我的作業本，還彼此搶了起來，把我痛恨的作業大口吃下去。

我沒有去阻止牠們，我幹麼去阻止呢？我只顧著流淚，淚水滴在作業本上，讓本子有了淡淡鹽味，讓三隻羊搶得更凶。

我的悲傷，連羊群都好喜歡。

第九章 我是掉作業本大王

當你關注動物的習性，你也會觀察牠吃的食物。

那天，我和飯太碎、雷達在學校靠近圍牆的掃地區域打掃，圍牆外是雜亂的銀合歡，成了流浪狗的棲息地。銀合歡生長在旱溪河堤，要不是外公告訴我，這種植物有這麼美的名字，我會繼續用「含羞草樹」稱呼它，這兩種植物的葉片很相似。

外公跟我說，銀合歡整株有毒，但羊的胃很奇特，能消化這些植物。外公要我觀察羊的習性，牠們雖然不會說話，但是牠們吃東西的嘴巴，會默默告訴你一切。我喜歡這樣的觀察方法，觀察自然可以得到知識，雖然課本也可以得到知識，但我比較喜歡大自然的氣息，除了爸爸很反對。

雷達此刻正在發呆，愣愣看著眼前的銀合歡，他心裡也關著一隻羊吧！忽然他摘了枝條上的對生葉片，一片又一片摘去。我看過電視上的戲劇，男生想知道暗戀的女生是否也愛他，會拿一朵紅玫瑰花，以摘玫瑰花瓣的方式占卜，摘一片花瓣之後，喜悅的說「你愛我？」，再摘一片花瓣，苦惱的說「你不愛我？」

「雷達，這樹全株有毒，小心。」我提醒他。

「是嗎？含羞草樹有毒嗎？」

「你可以摘，但之後要洗手就對了。」我提醒他。

提著畚箕過來的飯太碎，表情不屑的說：「沒錯，愛情是很毒的，雷達你小心別中毒了。」

「你講什麼話，我只是進入『抽象思維』的狀態。」

「什麼是抽象思維？」

「那是想跟世界溝通，又拒絕被理解的狀態。」

「聽你講廢話，抽象思維就是暗戀，自作自受的慢性中毒，你喜歡趙曉雲是個錯誤，那種高傲的女生不會喜歡你。」飯太碎越說越得意，不留情面的批評趙曉雲，說到最後幾句話，他突然像被噎住一樣，久久才說：「完蛋了，我跟你們說，學校巷子口外面的那間網咖……」

「網咖不能去啦！」我說。

網咖是學生禁地，未滿十八歲不得進入。那裡是玩網路遊戲的地方，聽說還提供吃喝，像便利商店一樣二十四小時營業，裡面充滿危險，不少蹺家的人或者是不讀書的學生都在裡頭鬼混。不過我只是聽很多人說，每次經過網咖時，都忍不住往裡頭看，那些人靠在懶人椅的靠背上，身體一動也不動，眼睛盯著電腦。難怪鄭老師誇張的說，到網咖的人都變成了死人，甚至忘了呼吸。

「不是去網咖啦！我是說鄭老師，她昨天在網咖外面，跟幾個人吵架。其中一個年輕人，頭髮染成金黃色。他們口氣超凶的，還把鄭老師推倒。鄭老師說要告他們，那個場面超危險、超緊張的。」

「真的假的，鄭老師會跟人打架？」雷達說。

「你終於從愛情墳場爬出來了，脫離『抽象思維』的人生。」飯太碎搖搖頭說。

飯太碎接著說，他昨天經過網咖，目睹了鄭老師被推倒的「經典時刻」。網咖前面站著的那夥人，有抽菸的、嚼檳榔的，嘴裡罵著粗話的，樣子特別恐怖。飯太碎說他聽到那些小流氓罵鄭老師「肖查某（瘋女人）」。鄭老師也回嘴幾句，最後悻悻然離開。

一向霸氣十足的鄭老師，會跟那群人起衝突嗎？雖然鄭老師比較嚴格，上課說些奇怪的話，但是我不希望她被欺負，她甚至欣賞我的繪畫作品，在半個月後舉行寫生，從我與趙曉雲兩人之間選出參賽代表。

「你確定看到的是鄭老師？」連我都質疑了。

「她的緊身褲，跟塗上柏油的電線桿一樣密合，她站在網咖門口，難道我會看成是變電箱嗎？」飯太碎的表情誇張，又說，「我只是想讓你們知道，鄭老師遇到麻煩了。她每次給我們麻煩，原來她也會遇到麻煩。」

「老師也是人呀！你希望誰贏啊？」我想知道飯太碎的想法。

「我也不知道耶！那群人抽菸又吃檳榔，我不希望鄭老師被欺負，她還是我們的老師嘛！」

「我也是這樣想。但是鄭老師怎麼會去網咖呢？」

上課的預備鐘聲響起，提醒課堂時間快到了。我們三人一邊走回教室，一邊猜測鄭老師去網咖的原因，但是想不出理由，因為大人在家上網就行了，不會有人禁止她上網。

「如果鄭老師跟她爸一起住，會不會阻止她上網？」我突然問。

「你外公會管你媽媽嗎？比如不准她上網之類。」飯太碎反問。

「當然不會管呀！而且我媽也不常上網。」我的印象中，外公從來沒發過脾氣，也不會說恐嚇的話。

「我看這件事，應該是你看錯了。」雷達最後下結論。

「真的嗎？」飯太碎也懷疑自己看錯，畢竟我們一路走、一路懷疑這麼誇張的事情，甚至進了教室還在討論，就是沒辦法驗證，飯太碎說的是「謊言」，還是「真實」事件。等鄭老師走進教室，我們三人瞪大眼瞧，只見她依舊穿著緊身褲，把平時紮起的頭髮放下來，臉頰上了層薄妝，模樣多幾分嫵媚。鄭老師把自己婀娜的體態，浪費在不懂欣賞的小毛頭身上，我們的目光在她身上活蹦亂跳，只想在她包得密不透風的身軀找出傷口。

但是，竟然沒有傷口，我對飯太碎使個眼色，暗示他眼睛昨天土石流，意思是：看走眼了。

「張家豪，把你的眼睛撿起來。」鄭老師講臺前大喊。

「我不懂你的意思。」我連忙站起來回應，真的不懂她說什麼。

「我一進教室，就發現你的眼睛瞄來瞄去，晃過來晃過去，最後『脫窗』，掉到飯太碎的臉上。去給我撿回來。」鄭老師這樣說，大家都笑了，然後她板起臉孔說，「你不會作業又不見了吧！」

然後全班又大笑起來，連飯太碎和雷達也笑了。

好吧！這真的很好笑。

我是「掉作業大王」，在這裡有必要講一講，關於我的作業本不見的往事，其實也不過兩次。其中一次，是我走過旱溪橋，橋上的風特別悍，不輸橋下颱風過後的洶湧河水。那時一陣怪風吹來，偏偏哪裡都不去，倔強的鑽向我的書包，把作業本捲進河裡，我只能眼睜睜看著作業本被溪水吞噬。摸著良心說真話，作業本就該這樣消失。到了學校，鄭老師問起作業，我只能聳聳肩。

「被河水沖走了。」我的神情無辜。

「怎麼會被水走呢？」

「上學途中經過旱溪，結果被河水沖走了。」

「你幹麼涉水，不走橋過河？」

「我就是過橋的時候，橋上風太大，作業掉了出來，我只能眼睜睜看著『可憐』的作業本溺死在河裡。」

「怎麼會這樣呢？下次要小心一些。」

「好的，老師，我會小心。」

「坐下來！」

這次事件雖然離譜，但沒有在班上引起太大回應，沒想到過了幾天，我的作業本又不見了，那次是被人搶走了。

沒錯，光天化日之下被搶走了。

某天我上學時，在十字路口遇到冒失鬼，那是隔壁學校的學生，他跑得很像尿急，又像被七月半的餓鬼追趕，結果跟我路上相撞了。我們的課本與作業本從書包掉出來，落得滿地都是，結果他急著離開，慌亂中拿走我的作業本，而且是迅速下手「搶」走，我還來不及看清楚，他得手後就跑步離開了。說真的，作業本不就該這樣發生意外消失才對嗎？

「被路人搶走了。」我的神情再度無辜。

「路人為什麼要搶你的作業？」鄭老師這次口氣不好了。

「不知道！」

「只聽過搶錢的，哪有搶作業的？」鄭老師講到這兒，轉頭對全班同學講，「難道這世界變了？有人喜歡搶別人的作業，帶回家給誰寫呢？」

「真的被人搶走了。」

「在哪裡被搶的？」

「十字路口。」

「有沒有人看見？」

「只有我一個人。」

「為什麼你的作業總是那麼多問題？」

「我也不知道。」

「我真拿你沒辦法，給我小心點。但是我慎重的告訴你，張家豪，你這輩子要好好保護你的作業本，如果下次再發生什麼溺斃案、搶案或命案，我就不再相信你了。」

結果，同樣的事情總會發生第三次。

所以當鄭老師問我「你不會作業又不見了吧」，我的心跳猛然加速起來，想起前兩次的溺斃案與搶案，這次無論我拿出什麼理由，再也無法獲得鄭老師的諒解了。

我該怎麼辦？這次應該死無葬身之地，我緊張得想拿紙畫彈簧圈。

「被羊吃掉了。」我只能誠實說。

然後全班哄堂大笑，喉嚨失控的發出笑聲，令人感受到規模七地震的威力。真的，被羊吃掉的理由很鬼扯，卻是千真萬確，作業本不就該這樣消失嗎？但是我被笑聲圍剿，卻是很殘酷的事實。

「被羊吃掉？」

「對呀，被羊吃掉了。」

「你怎麼不說被狗吃了？被豬吃了？」

「狗和豬也許會吃喔！」

「你還說謊狡辯？」

「我沒有說謊。」

「羊會吃作業？」

「會呀！」

「你證明給我看。」

「好啊！證明就證明。」

「鬼扯還要證明？」鄭老師氣得全身發抖，聲音非常尖利，在大家耳膜上割出了傷，只見她狠狠把手舉起來，彷彿要賞我一巴掌，她說：「你真是不成材的混蛋。」

我閉上眼睛，準備領受接下來的屈辱，這瞬間的痛楚，應會成為這輩子最長久的痛。不過時間過得夠久了，鄭老師的巴掌卻遲遲沒有打過來，我緊繃的肩膀與眉頭鬆了開來，抬頭看向鄭老師。她高舉的手緩緩放下，放在她自己的臉頰上，她哭了，用手去抹眼淚。

鄭老師哭得唏哩嘩啦，她對我說，你再不珍惜自己，繼續連連撒謊，有一天會成為社會問題，成為那些翹課的小混混，只懂吃檳榔與抽菸，在身上鬼畫符般刺青，把自己搞成一個廢物。我安靜看著鄭老師，聽著她的訓話，她哭泣的樣子與昨天爸爸暴怒的模樣，瞬間重疊在一起了。

除了鄭老師之外，從來沒有人為我哭泣過，雖然我不過是一個討厭功課的孩子，卻越來越像是個不良品。也許有一天，當我變成叼菸搖擺走在路上的小混混，我會想起鄭老師的眼淚。

然後，我看見鄭老師的傷口了，它藏在化妝品的遮瑕膏下，還有她放下頭髮遮掩的臉頰旁，竟然被淚水洗出來了。難道，那是被叼菸搖擺走在路上的小混混打的？如今看起來竟像是被淚水燙傷的疤痕。

那傷口，絕對是證明了什麼。

第十章 外公是野孩子

人們就是因為聽了太多成功的故事，才無法接受自己的失敗。

愛因斯坦發明相對論、孫中山歷經十次革命、海倫．凱勒克服身體障礙、愛迪生發明燈泡、亞歷山大大帝遠征波斯、司馬遷完成《史記》等等。不要以為我很博學，知道這麼多例子，是因為我書櫃的那本《邁向成功之路》，裡面都是些成功事蹟。

好吧！我不太常讀書，《邁向成功之路》這本書是我偶然翻到。前幾天我想試著努力看看，從爸爸留給我滿滿的書櫃，選出一本來讀，我挑了《世界名人繪畫故事》，瞧瞧它帶給我什麼哲理？但是書很沉重，我靈機一動，把書本往地上砸去，然後砰的一聲，就像廟裡跋杯（擲筊），神明會給我什麼廢話呢？

我端詳書中攤開那頁，看見畢卡索對我說：「對於破壞的嚮往，同時也是一種對創造的嚮往。」

這句話實在太玄了，就像你永遠不會知道，今晚的菜色是什麼？我需要簡單的哲理，一看就懂的道理。我隨意抽出一本書《人為什麼會放屁》，這個書名就是真理，但我還是決定試試看，能往地上砸出什麼道理？

「你看起來很生氣？」外公在門外說。

「沒有。」我說。

我說謊了，我真的很生氣。我氣自己惹惱鄭老師、我氣爸爸不理我、我氣弟弟比我傑出，然後也氣自己太笨了。笨蛋沒有藥可醫，笨蛋會摔東西，摔書是安全的發洩，誰叫它們都裝著聖人的道理。

「那應該是我看錯了。」外公走了進來，端起那本繪畫藝術的書，朗讀其中的句子，「畢卡索說：『對於破壞的嚮往，同時也是一種對創造的嚮往。』這句話說的有道理。」

「真的？」

「外公你好厲害，懂這句話是什麼意思。」

「這句話的意思是，笨蛋的破壞力，是一種創造力。」

「我就是這樣。笨蛋有殺傷力，有破壞力，還有惹得別人沒有力。要是這世界沒有笨蛋，就沒有進步。」

於是外公跟我講起往事，關於他小學發生的趣事，我聽了不是搖頭，就是忙著點頭，簡直不可思議。

小時候的外公犯錯連連，有些錯誤是自己造成，有些是天上掉下的意外，就像我的作業本在上學途中被搶走。外公說，有一次他又犯錯，老師受不了，從抽屜拿出穿孔的厚紙板，在上頭寫了一串文字，掛在外公脖子上。

「李崇建愛調皮搗蛋，不好好學習，同學要以他為戒。」

這串文字就在掛外公身上，他轉身面對全班時，大家笑聲炸開，吵得別班也跑來看。

「全班給我安靜。誰要是這麼調皮，我就讓他掛一學期牌子。」老師拿藤條敲著桌子，「李崇建，這個牌子給我掛一整天，排路隊回家也要掛著，絕對不准給我取下來。」老師表情嚴厲的說完，停頓了兩秒鐘，再補了一句話，「進家門才能取下來，讓你爸媽看看，你都做了什麼好事，聽到沒有……」

「好啦！」外公有點不情願的說。

「我要讓全校都看到，讓路上的人都知道，讓你左鄰右舍也知道，李崇建調皮不寫作業的事！」老師咬牙切齒。

原來外公有這樣的童年呀！

當時的外公掛著那張牌子上課，同學故意來嘲笑，他也不太在意，還能說說笑笑。倒是下課時間，他不敢出去教室，還是在意大家眼光。

直到放學的時候，學生排路隊回家，外公終於忍不住了，他將牌子翻過來，在後頭寫上：「**李崇建是大帥哥，認真負責，同學要向他學習**。」

外公沒有排路隊回家，獨自掛著牌子走出校門。

夕陽的餘暉灑在田間小路上，只見外公走走停停，很是優游自在。

那時是農業社會，旱溪還很年輕，在過往時光中的家鄉，路上沒有太多車子，空氣非常乾淨，夕陽將馬路染成金黃，沿途的菸葉田、金黃的稻田都沐浴著陽光，交織成一片風景，就像畫裡的世界。當時菸葉田裡蓋著木頭房子，那是「菸寮」，為了烘乾菸葉的產業而存在。就在鄉間小路上，外公認識了兩位朋友，一隻溫馴的鵝，另一隻是很凶悍的鵝。牠們陪著外公走路回家。

一位阿婆蹲在田邊的溝渠，正在洗便當盒，看見外公後頭跟著兩隻鵝，咧開嘴巴笑著，「囝仔，你怎麼牽兩隻鵝仔？」

李崇建是大
帥哥，認真
負責，同學
要向他學習!!

「是我生得緣投（英俊）啦！」外公停下來回答。

「學校也有馬戲團喔？」

「有喔！我就是馬戲團長喔！」

阿婆被外公胸前掛著的牌子吸引，卻因為不識字，不知道寫什麼。一旁蹲著的孫女站起來，很體貼的一個字一個字唸出來，「李、崇、建、是、大、『師』、哥……」

小女孩將「帥」字，唸成了「師」字。

外公趕緊糾正小女孩，是「帥」，不是「師」。

「李崇建是誰啊？」

「就是我呀！」

「但是你不帥，為什麼寫你是帥哥呢？」

「是嗎？」外公換一個角度，側著臉比較上相。

「一點兒都不帥呀！」小妹妹又認真說了。

外公聳聳肩說，「又不是我自己掛的，是老師要我掛著牌子，不信你問老師。而且我在動物界算是帥哥，不然怎麼會有兩隻鵝跟著我。」

外公說完，繼續走回家，留下驚訝的阿婆，還有無比困惑的孫女。真是一幅有趣的鄉村圖畫。不過，這件鄉村趣談最後傳到老師耳裡。隔天老師把外公叫上講臺，暫時忍住怒火，質問他為何塗改字跡，「誰准你是帥哥？」

老師一早就興師問罪。

外公慢條斯理的聳聳肩，滿不在乎的表情。

老師本來刻意壓著的怒火，瞬間爆炸，非常憤怒的指著外公說：「我不是跟你說，不准……」

「牌子不准拿下來，又沒說不能翻過來寫字。」

老師怒火爆炸了，一個字一個字吼著：「李、崇、建……」

外公還能接話：「怎麼了？」

老師雙手插著腰，一個字一個字說：「好、好、好……」

外公安安靜靜站著，聽老師說的每個字。

老師「好」了老半天，終於擠出了命令：「牌子今天再掛一天，不准給我拿下來，不准翻過來寫字，回到家才能拿下，聽到了沒有？」

外公很聽話的說：「好的。老師。」

真是兩個倔強的人。

但是外公能倔強多久呢？他每次調皮，又換來延長處罰。別以為這齣戲就此結束，還有續集呢！外公聽了老師的話，沒有將牌子翻過來寫，但是他怎麼會就此乖乖聽話？他拿了一張新的白紙，貼在老師寫的字上頭，覆蓋了原本寫的字，這回他寫著，「**李崇建還是大帥哥，認真負責，真是模範生。**」

老師不知道哪兒得來消息，隔天理所當然又怒了，又來質問外公，為什麼又胡亂搞？

外公的理由是，不能翻過來寫字，卻沒說不能貼一張紙在上面。

老師這回修補漏洞，將規則改成，不能在牌子上寫字。

外公答應了，卻在放學回家時，將掛牌藏在衣服裡。

這一場師生鬥智、鬥氣，鬥得沒完沒了，也逗得全班樂呵呵。沒錯，連我現在聽了，也被逗得樂哈哈，笑得肚臍眼差點掉下來。外公原來這麼調皮，也有這麼無厘頭的童年生活。跟他比較起來，我掉作業本這件事，只是小巫見大巫，可見我遺傳了外公的血脈。

「現在，我大概懂一些畢卡索講的話了。」我捧腹大笑完，才認真說，「外公，你的破壞力真的很強。」

「當然，我就是調皮搗蛋大王。」

「那你是動物界的大帥哥嘍？」

「關於我是帥哥這件事，你得去問那兩隻鵝，牠們肯定有高明的見解，才會一路跟我回家。」

「外公，你那隻羊，可以借我帶去學校嗎？」我終於開口了。

「你想搶走我帥哥的地位？」

「沒錯。」

「你想向誰證明什麼嗎？」

「我只是想跟鄭老師說，我沒有說謊，我不會成為小混混，她未來不用為我流眼淚，羊可以為我證明。」

「那就帶牠去上學吧！不過牠很危險。」

「怎麼說？」

「對於破壞的嚮往，同時也是一種對創造的嚮往。這句話絕對可以用在這隻羊身上。」外公想了想，還借用畢卡索的名言，「因為牠跟我一樣是大怪胎，不是成為地獄鬼王，就是校園風雲人物。」

第十一章 帶證據去學校

有個問題是這樣：一個人有了才華，才變成怪胎，還是怪胎很有才華？

自從我上個星期讀了《世界名人繪畫故事》，就在思考這問題。

畢卡索的名畫《哭泣的女人》看起來像是……說真的，像是一個可憐的女人，活生生被揉成一團廢紙，臉上長滿了壁癌。如果這樣也算是名畫，我家廁所裡的漏水牆壁，一年到頭掛著這幅畫。還有更絕的作品，如果看過胡安．米羅的抽象畫，絕對會認為他是這樣畫圖：把圖畫紙放在發燙的柏油路，在圖畫上面踩幾下，黏著黑黑的痕跡，拿起來就是世界名著了。

雷達對這樣的繪畫有特別見解。

他說，他回去問他的大神，什麼是抽象畫？得到的答案是：「不描述自然世界的繪畫，反而透過形狀和顏色，以主觀方式來表達。」

這句話非常難懂，我們的腦筋都長出肌肉了還是想不通。反正呀！我們對這門藝術不熟悉，要練習多看，「就像外國人看中文字，就是一種抽象畫。」雷達最後這樣說。

這天早上，雷達、飯太碎與我三個人，把那隻公羊趕出籠子，拴上一條粗繩子，帶牠前往學校。照雷達的講法，這隻公羊比胡安·米羅的繪畫還難懂，牠的脾氣是「抽象藝術」，一下子拗、一下子順從你；走法是「抽象藝術」，一下子往東、一下子往西；拉屎也更是「抽象藝術」，隨時解放，想拉就拉，拉出來都是一粒粒黑丸子，滿地都是。

「只能幫你們到旱溪邊，剩下的路你們自己走。」外公說。

「這好難呀！」我說。

「好人幫到底。」雷達說

「助人為快樂之本。」飯太碎大喊。

「你想要帶牠去學校，就要自己動手來。」外公轉身離開前，留下一句有哲理的話，「想像牠是你喜歡的人，你的脾氣就會好一點。」

「問題是，我沒有喜歡的人。」我拉著羊繩上路，但手法溫柔多了。

「這隻羊就叫趙曉雲好了。」飯太碎突然說。

「不要。」雷達反對。

「你反對什麼，這證明你喜歡她，對不對？」

「拜託。」

「好啦！飯太碎，不要再捉弄雷達了。」我卸下書包休息，要一邊拖著羊，又要背書包很累；我突發奇想，把書包綁在公羊背上。給牠一點負擔，也許牠會任勞任怨。

「我們幫這隻羊取名字，叫ㄒㄧㄝˋ ㄓˋ。」雷達說。

「鞋子？」

「獬豸，這兩個字很難寫，是抽象藝術。」雷達有發揮他的知識功夫，「牠是傳說中的神獸，看起來像是羊，頭中央長著獨角，雙眼炯炯有神，有短尾巴，尾巴像蝸牛……」

「這名字聽起來會犯太歲。」飯太碎說。

我們三人一邊嬉鬧講話、一邊奮力跟公羊搏鬥。牠拒絕到學校，那裡充滿無趣的課本、隨時跳出來的小考、想法硬邦邦的校長，可見牠也知道學校是危險的地方。沒想到馬路更是危險，我們拉著抵抗的山羊越過斑馬線，牠走得太慢了，綠燈變成紅燈，最後卡在路中間動彈不得，車輛咻咻咻衝過去，把公羊惹怒了，牠似乎對「短腿」能跑的車子有敵意。

這時一輛小貨車停下來，駕駛搖下車窗，音箱傳出來砰吱砰吱的金屬音樂，駕駛對副駕駛座的人說，「喂！這是什麼？」

「羊肉爐。」鄰座的人叼菸說。

「你只知道羊肉爐，這是帝王級羊肉總匯，我都聞到蒙古草原的烤全羊味道了！你們是哪家店的？」駕駛轉頭對著我，語氣非常差勁，「我今晚就去吃牠，絕對很新鮮！」

「牠要去上學。」我說。

「什麼？牠還要去上學，去學習變成烤羊的禮儀？」

「聽你鬼扯。」

駕駛似乎被這句話激怒了，狠狠瞪了我一眼，拿了一個空寶特瓶扔出來，砸到了公羊。我不跟他計較，我這輩子不會成為這種人，安靜看著小貨車噴出臭臭的黑煙離開。

但是公羊對這件事很計較，再加上濃濃黑煙噴到牠，牠氣得狂追上去，把牽著羊繩的我也拉過去。

我哪比得上羊的力量，一手緊抓羊繩，一手猛抓安全島的植物，想制止這一切。雷達與飯太碎抱緊住我的腰，大吼「我們是朋友，打死不會鬆手」，然後兩人跌倒鬆手，放我獨自跟山羊搏鬥。

我完全招架不住，被羊一路拉著跑，分不清東西南北，搞得我暈頭轉向，最後我靈機一動，整個人閉上眼睛，往羊的身上撲過去試圖阻止。

我只聽見風聲，那種咻咻咻的風聲，還有叭叭叭的汽車喇叭，等我睜開眼睛，發現自己趴在羊背上，兩手抓住羊角，雙腳夾住羊的後腿髖骨，感覺到牠肌肉的強力運動。

這隻羊跑得真快，靠著牠旺盛的憤怒起跑。我超過一輛轎車，車後座的學生在吃早餐飯糰，他看到我的模樣，飯糰瞬間掉下來。還有一輛車的駕駛，被我騎羊的模樣嚇到了，忘了方向盤的作用，差點撞上了路樹。那天路上的所有人應該都被這幕嚇壞了。

最後，山羊的力氣應該是用完了，停了下來。

山羊停下來的地方，非常靠近學校的人行道，我一屁股坐在地上，檢查自己的傷口，還好只有膝蓋破了點皮，衣服釦子掉了兩顆。

雷達、飯太碎從很遠的地方跑來，兩人都上氣不接下氣，喘得東倒西歪，想要對我講話又講不出來，只能一起坐在地上，豎起大拇指。那些漸漸靠過來的學生，也發出陣陣驚嘆。

那天清晨的雲層把陽光擋住，天空有點灰灰的，不知是這隻羊古怪，還是我成了怪人，總之都在他們眼裡發亮。我整理身上的東西，拉著羊繼續往學校走，雷達、飯太碎喘夠了，有了力氣起身跟來。

「這是鹿嗎？」有個低年級同學問。

「不是。」

「那是牛嗎？牠有角。」他不死心的問。

「牠在分類屬於牛科，而不是鹿科，很奇怪吧！」這知識雷達講過，我現在班門弄斧再講一次，「河馬的分類在河馬科、犀牛是犀科、鹿是鹿科、牛是牛科，但是這種動物沒有自己的科，歸在牛科，很神奇吧！」

「牠到底是什麼？」

「獬豸。」

「什麼啦！我聽不懂。」

「牠是一種神獸。」剛剛跑得喘不過氣的飯太碎，現在有力氣說話了，「這是中央山脈的新產品，剛運下山的新鮮貨，你可以去你們班宣傳，來看不用錢，但是摸就要錢。」

校門口的導護老師，看我牽著公羊穿過，他們除了驚訝，沒有太多阻止。倒是校門的警衛伯伯，他拉開圍在我身邊的小朋友，才能看見那隻公羊。牠顯然有點累，肚子也有點餓了，嘴裡銜著我送上的青草，很溫馴的跟在我身邊。沒有人理會平日凶巴巴的警衛伯伯，大家的目光都放在羊身上。

「誰准你帶羊來學校，把學校搞成動物園。」警衛伯伯大聲說。

「鄭秀雯老師。」我說。

「帶山羊來學校幹麼？這種動物臭死了。」

「要解開一件命案，牠是重要證人。」我還沒有說完，就被一群小朋友推著進入校門，「鄭老師要見這個證人。」

得到消息的鄭老師從辦公室衝向教室，她穿過了長廊，轉過五個轉角，衝過操場邊的幾棵印度橡樹，絲毫沒有減緩速度。不久她靠近教室，但一群黑壓壓的人把前門堵死，她得花費一番力氣才擠進去，而另一群黑壓壓的人把教室塞爆，她大聲喊讓開，再度擠進八圈黑壓壓的人群，終於看到校園風雲動物。

牠的眼神令人不屑。

「張家豪，你帶牠來幹麼？」鄭老師說。

「老師，是你說要證據，就是牠吃我的作業本。」我說。

「你瘋了，牠嘴裡吃的是草。」

「誰有作業本？我的作業本又搞丟了，因為上學途中要牽羊，誰有作業本可以借給我。」

我說完這段話，至少聽到五十幾道劈哩啪啦聲。

在場所有人都從書包拿出作業本，從遠處或近處丟過來，傳來劈哩啪啦的聲音，像是旱溪的一群水鳥，擁擠的拍擊翅膀，越過了我的頭頂，停在公羊視線範圍內。

牠吃起其中一本，牠這麼的飢餓，博得大家的掌聲。

牠不是地獄鬼王，就是校園風雲人物。外公真是先知。

第十二章 臺中公園的繪畫比賽

人越來越習慣用相同思考邏輯去面對這個世界。

比如用右手寫字、先用右腳踏上階梯、用左邊的牙齒咬食物，用左邊肩膀背書包，照團體照喜歡站在左邊。好了啦！這些例子多得不能再舉，這世界上多的是一次用兩張平版衛生紙擦屁股的人。

「這種思考習慣，是一種安全的行為，保證你不會犯錯，但也使人沒有創造力。」說話的是飯太碎的表姊，我們稱她「飯姐姐」。

「有道理。」我應和。

「對大部分人來說，成功是用你喜歡的方式，去度過自己一生，這是安全的道路。但是創作不同，它是走不同道路的想法。」

「表姊，那有贏得畫圖比賽的技術嗎？」飯太碎直接問。

「有。」

「那是什麼？」

「用創意打敗對方。」

「拜託，創意這種東西很討厭。」飯太碎抱怨，「鄭老師那種秀身材的樣子，也很有創意呀！校長禿頭的樣子，也是很有創意。還有，張家豪的爸爸，罵人也有創意，什麼屁呀！笨呀！都能罵，我聽了都嚇到。」

「創意，是包含對生活有熱情，罵人什麼的不是創意。」

太有學問了，飯姐姐講得真好，果然是有想法的人。

飯姐姐當然不是純粹來跟我們講大道理，她是為我補課。

飯太碎認為我有能力一舉擊敗趙曉雲，成為班級的繪畫代表，但是得要提升實力，於是找他表姊為我惡補。我原本不確定是否要比賽，心裡猶豫了很久，多虧飯姐姐解釋創意之後，心裡的一塊磚被掀掉了。

我喜歡畫畫也愛創意，也許這能讓我發揮長處，我想起教室牆上「天生我材必有用」的標語，我不想自己的日子腐爛，就算我的嘗試失敗了，最壞也不過如此吧！

飯姐姐是學經濟的，因為對美術有興趣，跑去美術系修課，對繪畫有特別的看法。飯姐姐說，你們的美術老師一定常告訴你們，「你可以有創意一點，畫點別的。」但是學生畫得很固定，都是家門前有條河，後面有山坡，太陽夾在山中間。或是房子的前面有樹，樹的旁邊，還有幾個人。

我拿出那張我畫的旱溪圖，雖然跟趙曉雲打成平手，但是根據飯姐姐的理論，這是一張缺少創意的畫作。不過即使缺少創意，外公憑著五十年前的構圖仍然得獎了，而他那張畫與我的風格相似，怎麼隔了這麼久，還是會有人喜歡？可見規規矩矩畫圖，依然有存在的價值，有可能獲獎。

「你這張畫很不同，顏色很豐富，畫面的細節也是。你對這條河有感受，畫裡充滿你的個人情感，創意不是搞怪胡來，還有來自對生活的熱情。」飯姐姐說。

「那到底什麼是創意？」我問。

「對呀！越說我越混亂了。」雷達說。

「那你示範給我看，什麼叫創意，這樣最明白。」我說。

沒錯，百聞不如一見，我們請飯姐姐示範。

於是飯姐姐拿起了畫筆，在調色盤上調和顏料，一點綠、一點黃、再多點紅，用水彩筆抹了幾下，產生了熱情的紅色，由於顏料弄了很久，讓大家揪著一顆心，瞪大著雙眼，想看她的表演。只見她用筆好自然，用顏料也很大方，不像我斟酌計較老半天，她拿起水彩筆，大筆俐落揮幾下，畫紙上呈現波光粼粼的紅色潮水。

「這是畫什麼，看不懂。」我忍不住問。

「海洋。」

紅色的海洋？這創意簡直破表了，我懷疑是不是聽錯了，只好看向飯太碎與雷達。他們的表情古怪，都皺著眉頭，眉毛像是被火燒捲了，這說明他們也和我一樣困惑。到底什麼是創意的祕密？我們三人都不懂。

接下來，飯姐姐隨意幾筆線條，這次我們看懂了，那是魚，一條彩色的魚，一條鱗片彷彿豎起來的魚。但是她越畫越怪，越來越難理解，就在我們腦袋糊塗時，腦袋充滿知識的雷達大喊：「我看出來了！這是獅子魚。」

「太有創意了。」我們大喊，都懂了。

有句成語叫畫蛇添足，描寫有幾人比賽畫蛇，有人畫好後閒閒沒事，多此一舉為蛇畫上腳，反而將事情弄糟——沒想到這是創意的開始，上帝一定是在喝醉時，幫蛇畫上四隻腳，使世界上有了俗稱「四腳蛇」的蜥蜴石龍子。飯姐姐肯定在顛覆「畫蛇添足」這句成語，在我們大喊「太有創意」的激勵下，她又在熱帶魚的旁邊，畫一頭獅子與老虎。老虎跟獅子，怎麼會在海裡呢？這是在解釋「獅子魚」的由來嗎？

「這又是什麼？」雷達瞪大眼睛看。

「你們難道沒有看出來，這當然是創意。」飯姐姐非常得意的收筆，「張家豪，明天你去比賽時這樣畫，保證打敗她。」

「表姊，獅子魚的尾巴上，你畫了什麼？我完全不懂。」

「是嘴巴。」

嘴巴怎麼會長在魚尾上？我看那是獅子魚的肛門。

要是這樣隨意畫圖算是創意，那老鷹的肛門更是創意。後院那隻老鷹噴出來的大便，會形成某種層次的水溶效果，隨便噴出一坨「米田共」，絕對能稱得上創意。算了，不多說了，這世界上的美學標準，一時很難說清楚，但不得不稱讚飯姐姐，這張畫畫得真吸睛，實在太有魅力了。

我再度想起「獅子魚的肛門」，是隔天前往臺中公園的公車上，我內心太緊張，又用手指在公車椅背上畫彈簧圈圈，越畫越密，越畫越密，那種圖畫只有自己知道，我才能放鬆心情，因為今天是特殊的日子，我要跟趙曉雲進行繪畫比賽。

我們全班坐公車前往目的地，我剛好與趙曉雲搭同一班車，她的打扮真像獅子魚，穿了一件米色休閒襯衫，套上無袖的藍色背心，搭上甜美粉色的連身裙，看起來就像是來領獎，而不是來參加比賽。

趙曉雲這條美麗的魚，坐在搖晃的公車上，就像活在玻璃水族箱裡，不僅引起幾位男同學的注意，也引起女同學的忌妒。尤其是雷達的目光，經常飄到趙曉雲身上，或是刻意望向窗外，看來他對趙曉雲的關注，想剪也剪不斷，想揮也揮不走吧！

我記得雷達說過，獅子魚很豔麗，背鰭和胸鰭呈現放射狀，但是魚刺有毒，被刺到會疼痛。但是有毒的東西，偏偏有人想要去碰。

臺中公園種了很多樹，不同季節還有不同的鳥逗留，鳥類看來不怕人，在樹梢與小徑上流連。一旁的日月湖很有特色，上頭有好幾座可愛的橋，這座公園對我很重要，很多回憶在公園周遭發生。我每次來公園發呆，都能坐上好長時間。

我對臺中公園很熟悉，每年過年的那幾天，我們全家都會來這裡散步，三月是櫻花、五月是杜鵑，茂密的榕樹與爪哇銀合歡老樹，都在我腦海中留下了深刻的記憶。這裡藏著很多我的記憶，不只是一座公園。

我們全家曾在臺中公園附近散步，那時候我還沒上學，爸爸對我還不嚴格，我走在柳川、綠川與梅川旁，吃著爸媽買的棉花糖，那是我最珍貴的記憶。我記得有次全家來臺中公園，爸爸說公園的日月湖，原是柳川和綠川之間的沼澤地，早年規劃這座公園時，將這片自然沼澤整建為湖泊。爸爸說著這些歷史，但我完全沒專心聽，只記得全家人一起拍照，在旁邊的砲臺山奔跑，想不到現在都記起來了，爸爸與弟弟卻也離開家了。

鄭老師站在日式木橋旁，她穿著一如往常的緊身牛仔褲，雙手抱胸等我們到達，那是我們約定的集合地點。鄭老師說明完寫生規則，要大家找好地點作畫。

這次班上來寫生，主要是我跟趙曉雲的競賽。

但鄭老師說，要是誰畫得好，說不定也能來個「敗部復活」，贏得班代表資格。等到鄭老師說解散，好位置都被同學占領了，大夥兒搞小圈圈，沒幾個人對畫圖有興趣，也沒幾個人對風景有興趣，他們占上好位置，瞬間變成打混摸魚的天才，將九十九分的努力，用在吃零食、看漫畫書、聊天，然後用一分的努力，等鄭老師走過來時假裝畫畫。

今天班上的氣氛，除了各自分裂的小團體，主要還是兩大團體對抗，一個是趙曉雲，一個是我，看誰能拿到班代表資格。我這邊的軍師，自然就是飯太碎與雷達，他們跟著我到處勘景，找個好地方畫畫。雷達幫我提著畫具，飯太碎則是打開他的「作戰書」，跟我說他打聽到的消息：趙曉雲會用臺中公園的湖泊當背景作畫。

「你可以選擇畫湖心亭，那邊有條紅色渡橋，配上綠色湖水，絕配。」飯太碎說。

「我會考慮。」我邊走邊看。

「你可以把百年榕樹當前景，畫出湖心亭，很有層次感。」

「我會考慮。」

「你看趙曉雲，已經選好地點。」雷達拉長脖子，「她那個點不錯，我們可以選在她附近畫，沒有人說不可以選同樣位置。」

「我說你這雷達呀！不，你這個肛門。」

「喂，你這樣講很難聽。」

「你已經離不開趙曉雲，離不開那條那條獅子魚，成了她尾巴上的肛門。」

「呸呸呸，你那低級的飯姐姐，她是失戀了嗎？亂教張家豪創意作畫。創意要是有用，我媽每天幹麼那麼努力，需要化了妝才出門？她找支麥克筆，在臉上鬼畫符就好了，或拿昨天的髒餐盤，往臉上抹就行了。」

「我表姊拿過畫圖大獎，她絕對贊同你媽的臉變成馬桶。」

這兩個軍師很無腦，只會說沒建設性的話，我不能捲入其中，也沒心情捲入這些話題。

「就是這兒了，我要畫這個。」我站在古老的建築塔前面，決定選在這裡作畫。我的選擇很特殊，飯太碎與雷達頓時安靜，很努力想搞清楚，我的腦袋還靈不靈光？幹麼畫這根不起眼的柱子。

我毫不猶豫拿出畫架，放上圖畫紙，決定畫「放送頭」。

「放送頭」是日治時期的電臺擴音臺，裡頭放著擴音喇叭，用來播放集會活動訊息。擴音臺的形狀像一座塔，高度大約三公尺，上頭覆蓋銅片的小屋頂，主體是由磚蓋成。我記得爸爸說過，日文的播放，要唸成ほうそう，聽起來很像是「放送」，這也就是「放送頭」的由來。另外，放送頭在臺語裡，還有說人家八卦的意思，跟飯太碎與雷達很搭，只是我不敢說出來。

「這很有意義，我喜歡有歷史的東西。」雷達說。

「這有歷史？天空更有歷史，有四十幾億年歷史了，李白都說好，乾脆畫什麼都沒有的天空好了。」飯太碎緊張起來，「家豪，公園什麼都有，幹麼畫像是喪禮上的罐頭塔。」

「我就想畫這個。」

「拜託，畫這個不如去畫鄭老師的牛仔褲。」

「這想法不錯，我來畫鄭老師的牛仔褲。」雷達突然高興的說。

「天呀！完蛋了，今天肯定犯太歲了，遇到一群看不見的惡鬼搗蛋，讓你們想出這些餿主意，還沒比就輸了。」飯太碎大喊。

第十三章 你白痴啊你

每個同學擺好了畫具，假裝自己是小畫家。我看起來也像畫家，有模有樣的攤開畫紙，注視著放送頭，舉著鉛筆打量它的比例，準備畫底稿，想把心中的圖案畫出來。

我的左右手：飯太碎拿出顏料，是溫莎牛頓牌十八色透明水彩，水彩筆有松鼠毛與貂毛兩種，適合用在不同塗染方法，都是跟飯姐姐借來的工具；雷達提了一桶水回來，用來調色用。三人組合準備作戰。

我望著放送頭想了好久，心中充滿複雜想法，我要怎樣畫才行呢？我沒辦法畫，任何一筆都不太對。

想了老半天，我下不了筆，內心被某個東西卡著。

我知道自己被什麼卡住了，是被「帕加尼計畫」卡死了。

這是弟弟訂出來的計畫，用來扳回我在爸爸心中的地位。照弟弟的解釋，我在爸爸內心的形象，已經完全臭掉了，掉入最深層的地獄，隨便扔個什麼計畫，都能讓形象反彈。

「你雖然不是帕加尼跑車，但假裝你是就行了，一瞬間跑過爸爸前頭，這計畫就成功了。」那天弟弟這樣強調，「這計畫在幾天後實施。」

這計畫實施的時間就在今天，卻讓我心不在焉。

我心不在焉盯著畫架，看了非常久。

這時有兩位女同學走過來，是趙曉雲陣營的人，肯定是派來打探敵情的。她們左瞧右看的目光，都被飯太碎與雷達擋下，雙方像是在玩躲避球。

最後她們笑著說，張家豪一定很厲害，絕不輕易下筆，只要一下筆了，就會

「驚天地，泣鬼神」。他們說話很小聲，我聽了很想笑，卻又很想哭。

「這兩位同學。」她們對飯太碎與雷達說，「你們也可以過來參觀曉雲畫畫喔！我們很大方的。」

「誰稀罕。」飯太碎說。

「誰知道你們搞什麼餿主意？」雷達說。

飯太碎看到兩位女同學離開，又背裡臭罵她們一頓，忽然他腦袋像是通了電，說：「我去那邊看趙曉雲畫得怎樣。」

「這樣做好嗎？你是軍師，軍師不能離開陣營。」雷達說。

「那好吧！你去，但是我警告你，千萬別中計，小心趙曉雲用『美人計』，絕對別聽她講話，速去速回。」飯太碎說。

我畫起了草圖，心中浮現什麼圖案，卻越來越潦草，感覺有好多牽掛。

我看著雷達的胖身材，往趙曉雲的方向跑去，也有了起身行動的念頭。

我跟飯太碎說，我想要去上廁所。飯太碎嫌我屎尿多，他是真不了解我，我也不想讓他了解。

我跑了起來，經過公廁門口，但我沒有進去，而是從側門離開公園。我來到馬路旁的騎樓下，那裡有一支公共電話。我撥下一組號碼，那號碼我一直記著，跟我的記憶深深連結。電話響了好幾聲，每一聲都讓我心跳加速。

最後，弟弟接起了電話。

「我就知道是你。」弟弟還沒聽出是誰，就猜到是我了，他說：「帕加尼是跑車，但是你不能開太快，爸爸還沒回來。」

我仔細聽著，原來我太早打電話了。

今天是爸爸的生日，我跟弟弟出錢買蛋糕，一人出一半零用錢。我沒有辦法去「他們家」，前往那一個沒有我的家裡，為爸爸慶生。但是我可以打電話，說出我對爸爸的祝福，這就是「帕加尼計畫」。

這不是什麼複雜的計畫，但是要挽回爸爸的好感，卻是一項複雜無比的大工程。不過爸爸今天去大學開會，我搞不清楚他回家的時間。

我匆匆掛上電話，默默走回公園寫生的位置，慢慢為我的構圖上色。

這次我畫的是放送頭，實際上卻是要畫出我的記憶。記憶裡，有那麼幾年的時光，全家在過年那幾天來公園裡，就在這個放送頭底下，我們拍了全家福照片，如果翻開相簿，會看到爸爸有時抱我，有時摸我的頭。媽媽笑得燦爛，流露出小酒窩。弟弟總是很調皮，在我的頭後面比出V字形手勢，看起來像是我頭上長觸角。

這些記憶都過去了，如今只能保存在相簿裡，沒有人想再去翻、再去談了。我要把這個記憶畫出來，當作送給爸爸的生日禮物，而且要趁現在畫，因為飯太碎與雷達此刻都不在，沒人在我旁邊打擾。

我靜靜畫上一段時間，直到熟悉的聲音傳來。

「背叛，背叛。」飯太碎氣得跑來，手上拿著兩支油炸熱狗。

「幹麼那麼生氣？」

「我偷跑去買東西吃。回來的路上，我想到雷達還好嗎？會不會被敵軍

欺負了？怎麼偵察這麼久，一直都沒回來？我去看他在做什麼，你猜我看到什麼？」飯太碎把一支熱狗遞給我，一支留給自己吃，他咬爆炸熱狗的厚麵粉，嘴上沾滿了番茄醬，表達他對雷達的怒氣，才說：「雷達跑去划船。」

「來臺中公園，就是要去划船。」

「才不是呢！雷達根本通敵。」飯太碎說，他原本以為雷達貪玩，才跑去湖中划船，於是親自深入敵軍，去趙曉雲那邊探查敵情，結果一探不得了，幾個女生圍著趙曉雲，誇她畫得真好，畫出了臺中公園的靈魂，有典雅的湖心亭、翠綠湖水的日月湖、紅豔豔的日式木橋，還有一個蠢蛋雷達。原來她們覺得湖上要有船隻，圖畫起來才美麗，顯得有味道。但是湖上沒有船，只有雲影與漣漪，幾個女生只能嘆息。沒想到趙曉雲開個玩笑，叫雷達去划船當模特兒，雷達就當起聽話的蠢蛋了。

「走，我帶你去案發現場。」飯太碎帶我去湖邊。

雷達在湖上奮力的划船，奮力的咧嘴喘氣，他根本不會划船，船兒左歪右滑，攪亂了湖水。

「就讓他玩好了，看他好快樂。」我說。

「你看這叛徒笑得好假。」

雷達距離我們十幾公尺，卻沒有發現我們。他奮力划船，更是奮力的笑，他的臉像是個盤子，擺出僵硬的笑容，當然是擺給趙曉雲看的，一直這樣笑，肯定笑得很痠，臉上僵硬的肌肉都長出壁癌了。他越划越靠近我們，渾身散發出戀愛氣息。

「你這個叛徒，只會烙賽的肛門。」飯太碎大喊。

這一喊卻喊出問題了，雷達原本對著遠方的趙曉雲全心全意微笑，魂魄都不在體內，突然被近距離的罵聲嚇到，竟然一時重心不穩，嚇得翻落在船外。

我和飯太碎也嚇到了，連忙爬過矮樹圍籬，跑到湖邊營救雷達。還好雷達會游泳，再加上划船都得穿救生衣，他在水裡掙扎幾下，便慢慢游向岸邊，但是衣服吸水吃重，他的體重也不輕，雷達一時竟然無法上岸了。

我們費了好大力氣，把雷達這顆肉丸拉出水面。幾個女同學趕緊跑來，緊張得吱吱喳喳關懷，像是麻雀發出啾啾的聲響。趙曉雲還上前抓住雷達的手，傳遞道歉，也傳送溫暖。雷達被微弱的愛情電波電到了，看起來一陣頭暈，肯定也一陣腳麻，因為他差點又跌到湖裡去了。

我突然想到什麼，趕緊奔跑離開，往公園外騎樓跑去，拿起公共電話筒撥號，這次鈴聲響得更久。就在我想掛掉時，接起電話的弟弟說：「哥，你有帕加尼跑車，怎麼開得這麼慢？我跟你講，爸爸今天心情還不錯，你要好好發揮。」接著，我聽到電話那頭，弟弟拉開喉嚨大喊：「爸爸，神祕電話，你一定要來接。」

「您好，哪位找？」爸爸拿起話筒說。

「生日快樂，爸爸。」我提高音量說，「我要唱一首歌給你聽。」

「不用了。」

我拉開喉嚨對著電話筒唱起歌。我的歌聲不好，五音不全，但是唱生日快樂歌可難不倒我。我閉上眼睛唱，這樣就不用迎向騎樓的人群眼光，這樣就可以浮現回憶：我們在放送頭底下拍的全家福照片。我沉醉在自己的記憶，害怕一睜開眼，就會面對路人的異樣眼光，面對什麼都沒有的公園。

「家豪，謝謝你。」爸爸說。

「不會。」

「爸爸問你，」他停了幾秒，才說：「你是不是又在學校鬧事了。」

「哪有？」

「這時候你還說謊啊你，你還有臉說謊啊你？」爸爸怒氣燒起來了，「你為什麼就不能乖一點，安分一點讀書。我聽你同校的弟弟說，你把那頭怪羊牽到學校，結果把校長搞瘋了。」

「這……」

「你白痴啊你！老是作怪，愛說謊，我快被你搞瘋了。」

砰的一聲，爸爸掛斷電話，我心中也有什麼斷了，我發現臉上有東西滑落，原來是我的眼淚。我在電話旁哭了很久，哭到天昏地暗，直到後頭要打電話的人拍我的肩，我才離開那個地方。

爸爸教了我很多知識與道理，但是我始終沒辦法學會。他只想要我成為他的複製品，但從來不想要我對他表達的愛。我等淚水流得差不多了，才慢慢走回公園的畫架前，圖畫中除了有放送頭，我還畫了四個人的全家福。那樣的美好畫面，曾經發生在這公園裡，現在已不存在這世界，我一想到這兒，不爭氣的又掉淚了，掉在圖畫中的爸爸臉龐上，一滴、一滴、再一滴，我拿起松鼠毛水彩筆，把爸爸的臉塗掉，努力畫成漩渦狀的圈圈，那是無止無盡的彈簧圈，爸爸變成沒有五官的人，然後我也把其他三人的臉塗掉，那是沒有表情的全家福。

「家豪，你怎麼了？你怎麼把圖畫裡的人毀容，那還能看嗎？」飯太碎回來了，帶著身體溼答答的雷達。

「這叫創意。」

「你怎麼學起我表姊？人家大學生的創意很高級，我們小學生的創意會被人嫌的。」飯太碎講著講著，忽然安靜看著我，「你哭了。」

「沒有。」我把頭撇另一邊去。

「你啊……」

「閉嘴！」我大吼，眼裡充滿淚水，我討厭有人學爸爸說「你啊你」，於是我把怒氣發洩在飯太碎身上，對他大喊：「不要再說對我說你你你你……」

現場氣氛很冰冷，完全安靜無聲，我甚至感覺到有幾片落葉飄下。我們三人就僵在原地，一動也不動，我連畫筆也沒有動，把手懸在半空中。我知道自己把氣氛搞壞了，又把畫亂塗亂抹，但那才是我想表達的，我生命中的全家福已經是過去式了，但我不想向別人講出來。

「都是你害的。」飯太碎轉頭對雷達說。

「我又怎麼了？」雷達問。

「你重色輕友，眼裡只有獅子魚，沒有幫張家豪，現在害他心情不好，亂畫起來了。」

「真的假的？」雷達說。

「都是你啦！惹哭張家豪。」飯太碎越說越生氣，「你也不去照照鏡子，你這個長相得不到愛情，獅子魚不會理你。現在可好了，我們三個人的友誼，也會因為一條魚而毀了……」

突然哇的一聲，雷達大哭起來，然後跑掉了。

我與飯太碎追上去，只見他邊跑邊哭，往湖泊的另一端跑去。他那雙被淚水塞糊的眼睛，倒是很清楚的引導他，沿著彎曲的小徑，衝往趙曉雲作畫的位置，那裡還有幾個對他招手的女學生。她們說有隻胖蒼蠅，又來黏著趙曉雲了。

結果發生了一場悲劇。雷達衝向畫具，大大破壞了現場，把人家的奧瑪牌顏料塗得自己全身都是，看起來像是一條獅子魚，不過是發胖的那種。趕來處理的鄭老師與其他同學，看到雷達一身鬼畫符的模樣，不知道是該笑，還是該生氣。

簡直一場笑話呀！大家之後回想起來都狂笑。

第十四章　請神容易、送神難

每個故事都有主角，但是主角最好不要是自己。

我們班的主角，是喜歡秀身材的鄭老師，班花趙曉雲也是亮眼的主角，知識王是雷達，八卦王是飯太碎。但說起全校的焦點，那一定非王校長莫屬，「聽說」他是禿頭。用「聽說」來形容，是因為很少人看過他的大燈泡，但是飯太碎看過。

飯太碎說，有一次王校長經過籃球場，興致一來就捲起袖子，跟大家打籃球，結果假髮不小心被人扯下，露出禿掉的腦門，全場有人爆笑、有人嚇傻，還有女同學當場哭了。王校長趕緊戴上假髮，匆忙離開現場，從那一次事件之後，他變得落寞許多。

王校長做起事來馬虎，也有可能他健忘，不是忘了這個，就是忘了那個。這種被形容少一根筋的人，少的正是腦筋。據說王校長原本精明能幹，才會當上校長這職位，媽媽們很喜歡他，有些女同學也欣賞他。但是他年紀越來越大，頭髮越來越稀疏，最後戴起假髮裝飾，從此讓他少根筋。

那天我把山羊帶到學校，成功證明了牠會吃作業，這隻山羊便成了校園的焦點。各年級的學生每到下課，都到校園角落去看牠，逗著牠玩。學生們到處去拔野草當禮物，看山羊認真嚼完野草，大家都很興奮。到了那天下午，我要把牠牽回家時，牠死命抵抗，四隻蹄子牢牢拴在地上似的，怎樣都不走了，我甚至去拿了掃把，打羊屁股催牠走。

「讓牠再住一天吧！」王校長走過來說。

「不行呀！」我說，我記得外公說，這隻山羊要帶回家，牠不是不行在學校過夜，而是：「牠會把學校搞垮。」

「你看學校都是水泥房，地震都震不垮，哪怕一隻可愛的羊。」

「可是……」

「校長就老實說好了，學校這陣子沒錢聘校工，校園裡沒有人割草，你看看校園。」校長指著乾淨的地磚縫隙，「那裡原本長滿草，現在被小朋友拔去餵羊，我想牠再多住幾天，我們操場的野草就會被拔光了。牠再住一天就好。」

結果山羊住了七天，王校長很滿意，符合他的如意算盤。在王校長的吩咐下，我們用一只橘色垃圾桶，幫山羊搭了個窩，鋪上學生不要的破衣褲。下課時學生拔雜草逗羊玩，上課時羊就在校園默默啃草，學校的面積不小，雜草漸漸被吃貨山羊清除，牠真是除草的好點子。

「校長太有創意了。」大家稱讚。

「是呀！創造力到處是，就像是羊大便掉滿地，掃起來還可以當樹木的肥料。」王校長在朝會上，拿著麥克風很得意的說，「實踐創意就是一種創造力，解決問題就需要創造力，對不對？」

「對。」全校鼓掌。

「王校長恢復了，又是那個精明能幹的校長了。」一位隔壁班的老師說，然後其他老師猛點頭。

但是這份稱讚來得太快了，人生從來不是那麼順利，美好的劇情總是暗藏玄機。

別忘了山羊是愛吃鬼，除了吃草以外，能放入嘴裡的都想吃，於是學校的花草、灌木被啃得亂七八糟，還有羊隨地拉大便，一不小心就踩到了。想想那個畫面：精力旺盛的學生們，下課時踩了一坨坨大便，再帶到走廊上、教室裡，那味道真是難聞。

沒想到，弟弟將這件事情講成笑話，說給爸爸聽。爸爸覺得可恥，在電話裡罵我，導致「帕加尼計畫」全毀了。

如今，這隻羊越來越誇張，快變成惡魔了。

聽說王校長不斷接到抱怨，因為羊屎太多了，於是他在朝會時說：「創造力需要修正，需要邏輯的思考，有時需要一試再試。」

「可是羊大便太多了。」有老師反應。

「有時候換個心情來看，生活更有樂趣，那些被踩到的羊大便，像不像一幅抽象畫啊？」

校長的話把一些人逗笑了，不知道為什麼，卻給我很深的印象。

有句話是「請神容易、送神難」，意思是把神明請到家中供養很容易，但是時間久了，人難免會疏忽，沒將神明供養好，反而讓神明不高興，這時要把祂送走就很難了。這隻山羊在學校，被認為是一頭靈獸，算是可愛的動物，但是體味太濃烈，加上牠到處拉屎、到處亂啃，也到處亂跑，最後惹得王校長發怒。

王校長發飆的時刻，鄭老師正聚精會神，拿我和趙曉雲的圖畫，宣布由誰擔任出賽代表。我撇頭看到窗外的王校長轉身走回辦公室，他大步的東跳西跳，好閃過地上的羊屎地雷。但儘管他這麼小心閃避，鞋底還是黏了羊屎，他只好單腳彈跳到花壇那邊刮掉，可是花壇上的水泥檔的空位早就被填滿了，都是學生刮下的羊大便，沒有空位給王校長的鞋底。王校長瞬間發怒，單腳跳到洗手臺洗鞋子，眼看他跳著步伐，就要挑戰成功，卻沒有跳過最後一小灘羊屎，整個人就此滑倒。

我目擊了校長滑倒後的樣子。校長跌倒後連忙鑽進花叢裡，隱藏自己的笨模樣，但是花草被羊啃得空蕩蕩，只剩下大面積的羊屎，讓他沒有地方可躲。

命運都是一連串巧合，這時天空彷彿傳來嘲笑，那是從我們教室傳出來的鼓掌聲，傳到校園各處。我從窗戶看見王校長，他慌張驚恐的模樣實在很狼狽，他肯定認為自己的糗態被看到了，我們班傳出去的掌聲，讓他以為誰在那兒幸災樂禍、高聲歡呼，我見他氣得朝地上用力搥兩下，結果搥得滿手都是羊屎。

最後校長暴跳如雷，快步跑回校長室，他的背影讓我想笑，又讓我有想哭的感覺。我後來聽見同學間盛傳校長跑回校長室的慘樣，這個學校的八卦太多了，都不知道怎麼傳出來的，但我有充分的理由認為這是真的。

事情是這樣傳開的：

校長回到校長室，整個人已經氣急敗壞，而這時他在校長室裡看到的那一幕更是讓他快瘋了，聽說他氣得抓狂，差點兒將假髮扯下來。

專屬校長座位的牛皮椅，有「人」占據了，等著王校長回來告狀。是山羊站在那兒。

據說王校長一看，整張臉像燒熱的火焰，忽明忽暗，陰晴不定。站在校長座位的那隻羊，牠不知怎麼闖進辦公室，偷翻出一瓶洋酒喝了後，就以為自己是校長，把公文啃得亂七八糟，把發財樹的盆栽咬碎，把待客的沙發啃出泡棉，像是凶殺命案的現場。牠最後站在校長座位，發出咩咩的叫聲，似乎得意的對王校長說：「我是剛來的羊校長，咩咩咩。」

「咩你個頭，你這屎雷製造機，給我滾開。」王校長大爆怒。

校長追打山羊，苦苦追了幾分鐘，連羊尾巴都沒摸到，最後只把羊鈴扯了下來。他打電話給消防隊，請他們過來捕羊。

校長應該是剛掛上電話，便立刻衝出辦公室，往我的教室跑來，下通牒要我今天要把羊帶離學校。

大人總是反反覆覆，一下子要羊多待幾天，一下子要羊立刻離開。要不是有人傳來消息，我肯定不理解王校長。

我很懷疑校長室被人監控，裝了攝影機，不然，傳出八卦的人怎麼能知道得這麼清楚？

王校長衝進教室前，我的班上也發生大事。

自從那天到臺中公園寫生，班上的氣氛就變得很奇怪。

那次雷達哭著搞破壞，鬧出了大笑話，他撞翻了調色盤，變成顏料落湯雞。經過這件事之後，大家都說雷達是自殺式攻擊，實在太卑鄙無恥了，雷達只好在班上公開道歉，還好趙曉雲的畫作沒有弄髒。

趙曉雲畫得真好，有上過繪畫才藝班，作品就是與我們不同。她用榕樹當前景，中景是湖泊與船隻，襯托了湖心亭的典雅，線條與色調很明媚，符合那天臺中公園景色。唯一可惜的是，圖上雖然有船，船上卻沒有雷胖，他努力把船划來划去，少說也划了幾十趟，最後只有湖上一條船影。

至於我的畫作呢？比不上趙曉雲的豐富與傑出。

為了這場比賽，雖然我最後想通了，努力學習線條、構圖與調色，也看了繪畫教學書，但我還是自認不足。這張放送頭當背景的家庭畫，看起來很荒涼，線條很簡約，最醒目的是站在前面的四個人，他們靠得很緊密，臉龐卻是漩渦狀的空白。

我聽到有人說這畫是「白天看見鬼」嗎？

我覺得自己畫壞了，撇頭看著窗外，正好看見王校長躲進花叢那一幕，身上沾滿了花圃裡的羊屎。

「大家給這兩位同學掌聲，請兩位到臺前來。」鄭老師說完，全班熱烈鼓掌，傳遍整個校園，卻不知道掌聲像是嘲笑聲，氣壞了躲在花壇那邊的王校長。

我站起來之前，看見王校長怒氣沖沖、狼狽的跑回辦公室，離開了我的視線。隨後我走到教室前面，和趙曉雲站在講臺兩側，聽著老師把兩張畫的特色各解說一遍，聽起來她花在趙曉雲的畫作解說較多。

「曉雲，你有給這張畫取名嗎？」鄭老師問。

「《船過湖心亭》。」

「船上怎麼沒人？」

「我喜歡一句古典詩詞『野渡無人舟自橫』，意思是荒野渡口，沒有人渡河，只有『老舟孤寂，河畔橫漂』。我喜歡這樣的古典美。」

趙曉雲不只畫得好，說得更是好極了，贏得全班的掌聲，不過不少人聽不懂什麼叫「老周攻擊」、「阿胖發飆」，覺得這是在還原寫生那一天，雷達去撞趙曉雲畫架的事兒，班上不少人將目光看向雷達，害得他猛低頭。

「家豪，你這張畫的名字呢？」

「《消失的全家福》。」

「怎麼沒有畫人的臉呢？」

「不知道。」我開始緊張了，手指很想畫圈圈。

「是故意不畫上去，還是來不及畫上去，或者畫不好而不會畫？」

「我故意塗掉了。」

「我看得出來，那四張臉不是空白，而是有著淡淡漩渦狀的扭曲臉，我只是要確定你畫的目的。」

「喔！」我淡淡回答。

「我在這邊宣布，誰代表班上出賽。」鄭老師提高音量，「趙曉雲的畫作成熟穩重，張家豪的筆調簡約，兩張都是好作品。但是，張家豪的畫有深刻意義，扭曲的臉很抽象，卻表達出深遠的情緒與美感。我宣布，他是班上的代表。」

答案一公布之後，引起一陣小掌聲，但是也引來更多質疑，畢竟趙曉雲那張畫，是成熟高明的畫作。鄭老師再度解釋，畫圖的目的，不純粹是還原風景，如果能傳遞更多精神內涵，會使得圖畫更傑出。

這解釋大家都懂了，只有趙曉雲不懂，她的不滿都寫在美麗的臉上，她斜著眼、嘟著脣說著：「張家豪根本不會畫畫。」然後白皙的臉哭得唏哩嘩啦。

大家沒有注意到她的哭泣，因為這時候王校長衝進來，他慌張得差點把頭上的假髮飛掉了，對著全班大喊：「那個誰，把羊帶來學校的人在哪？我限你今天把羊帶走。不然……」

「不然會怎樣？」鄭老師說。

「不然就……」王校長的怒火很高。

「校長，是你說要把羊養在學校的。」鄭老師幫我說話。

就在這個時候，兩人的對話被尖銳聲打斷了，消防車鳴笛進入校園，兩輛車直接開進來。全校根本無心上課，大家趴在窗口看，亂猜學校哪裡失火。怒火燒得很旺的王校長，立刻衝過去消防車旁邊，頭髮還亂糟糟，簡直比火焰還亂。

「王校長，是你報案的吧！你說你被誰撞傷了。」消防小隊長說。

「暴力羊。」

「我看傷口在哪裡？」消防小隊長看了王校長的手臂，有個連蚊子都不屑的小傷口，才說：「暴力羊在哪？」

「在校長室。」

「那抓到之後要如何處理？」

「殺掉。」

「校長，在小朋友前面，我們不會這麼暴力。」消防小隊長帶著繩索、大網子與套索，還伴隨幾位強壯的消防隊員，來到校長室門口，「校長，把圍觀的小朋友趕走，這樣很危險。」

據偷看的同學說，七位消防隊員圍著校長室，聲勢浩大驚人，他們是負責抓蛇捕蜂、救貓救狗的機動部隊。在小隊長下令「弟兄們，攻堅，抓走裡頭的暴徒」之後，幾個人衝進去，把羊大便踩得稀巴爛，像是下過雨後的泥濘場面，卻沒有看見暴力羊。

他們擴大搜索，校園裡能找的、能翻的、能藏的，仔仔細細查了一次，都沒有羊的蹤影，加上羊鈴被王校長扯下來，再也無法聽鈴聲找牠了。

山羊消失了，沒有蹤影。

牠真的躲起來了。

第十五章 大神現身了

來說說那隻老鷹吧！

自從在旱溪撿到受傷的老鷹，我知道，我不會永遠擁有牠。在那些充滿魅力的夢想裡，我曾經想像過，我弓起的右臂，並不是空蕩蕩的，而是停了一隻老鷹。我懂得牠的心情，牠懂得我的想法。每當我發出暗號，牠便振起寬大的翅膀，乘風幫我去寄信，順便叼回一隻野兔，這樣我肯定還是不滿意，我嫌棄牠的獵捕速度，竟比上次慢了三秒鐘，好讓圍觀的人羨慕到不行。這只是我的美麗夢想而已。

有些夢想是錯誤的，馴服老鷹就是。

只要有人靠近那隻老鷹，牠會張開受傷的翅膀，伸長脖子發出聲響，偶爾用嘴喙攻擊。

原來我的夢想會生氣。

老鷹的食物是老鼠、雞肉與豬肉之類，我們用大家參觀老鷹的錢，去附近的市場採買。這些錢越用越少，大家覺得受傷的老鷹，跟公雞長得很像，不願意再次花錢來參觀了。於是我得努力湊錢買老鷹的食物，即使每次餵牠吃的時候，牠還是張開翅膀，本能的保護自己，看也不看我一眼。

老鷹最特別之處，竟是牠的大便方式，不像雞屁股一緊，屙出一灘雞屎來，老鷹大便是用噴射的，肛門像機關槍掃射。而且老鷹噴屎的時候，還有特定噴灑的馬桶，就是木架子後面的那面牆。現在我家後院那面牆很「繽紛」，噴出的老鷹大便中有白色、黑色、黃色，有時候還帶著紅色。

「這讓我想起了一個東西。」我興奮的說。

「你跟我想的八成一樣。那隻獬豸在學校裡，跟大家玩捉迷藏，而這隻老鷹展覽又越來越沒人看，我想要怎樣才能賺錢，於是昨天問了『大神』，終於得到答案了。」雷達臉上塞滿誇張的喜悅。

「快講啦！」飯太碎不耐煩。

「大神說，日本藝伎會把夜鶯大便塗在臉上美容，因為夜鶯專吃毛毛蟲，大便中有豐富的元素，拿來敷臉可以讓皮膚變得白閃閃。」

「你是說老鷹大便也是？」

「沒錯，老鷹的大便叫做『鷹條白』，據說是慈禧太后敷臉的聖品，又叫做『玉容散』。老鷹肚子裡的消化液富含『酶』，酶是濃度高的蛋白質，這東西就是老鷹大便中的白色物質。」

「真是太噁心了，慈禧蹲在老鷹屁股後頭，被牠噴屎嗎？」我問。

「你以為她的臉會去當老鷹馬桶？當然不是這樣，老鷹白色的大便乾了，會變成粉末狀，再加上幾種中藥粉，才能拿來敷臉。一隻老鷹一整年的鷹條白，認真蒐集起來，差不多才五十公克，我算了算價錢，大概可以賣五千元。」

「五千元耶，太棒了。」

「難怪家豪也很興奮，不是嗎？」

「才不是。我沒想到用牠賺錢，我想用老鷹大便畫圖參賽。」

「太誇張了，這是自殺。」雷達說。

「發生什麼事了，叫得這麼大聲？」外公從後院進來，帶回一把青草給兩隻羊。

「外公，快阻止家豪，他要用老鷹大便，溺死畫圖比賽的裁判。」飯太碎說。

利用老鷹大便畫圖，這構想令飯太碎、雷達的眼睛快脫窗，下巴都掉下來了。

但是我很認真。

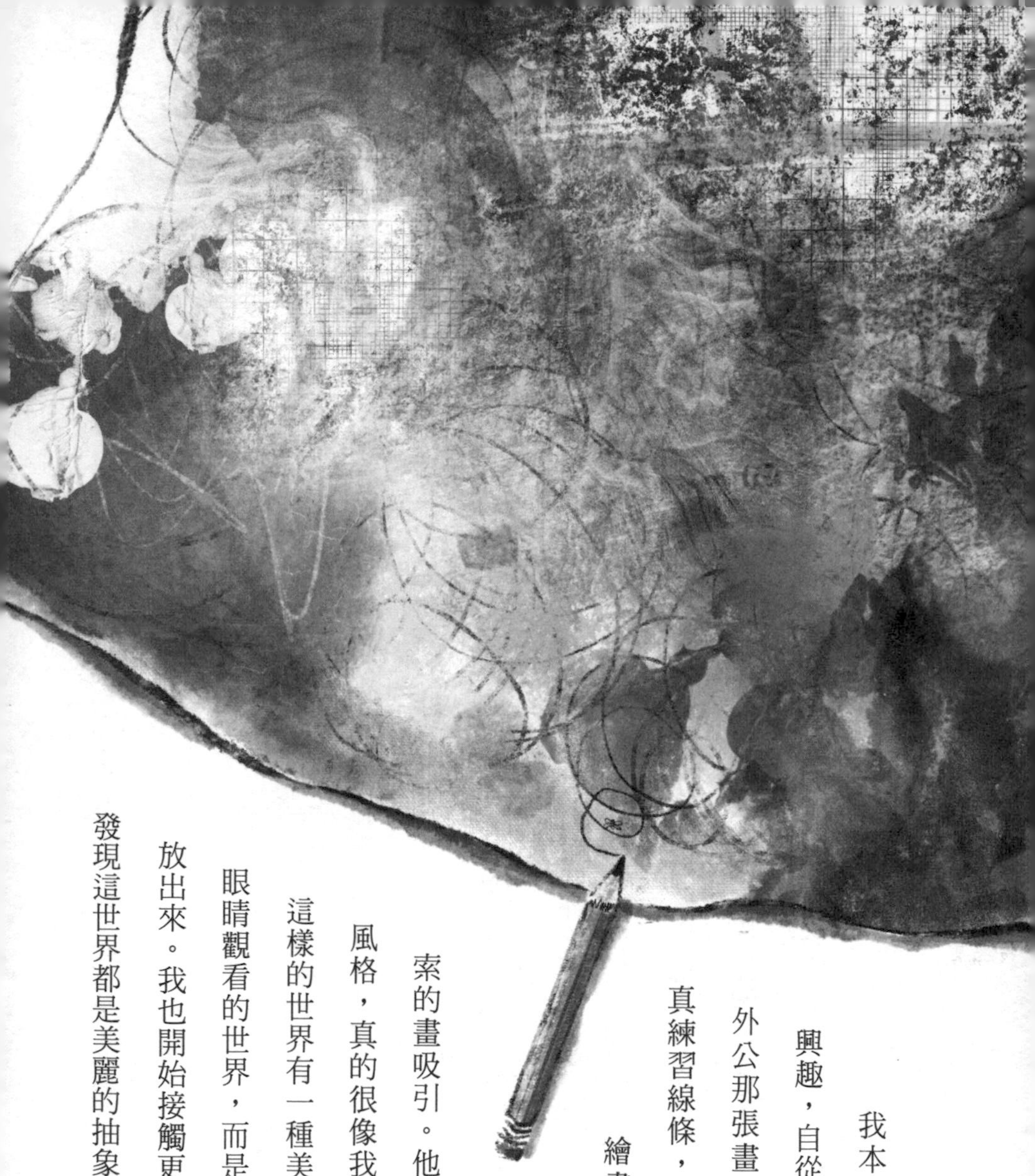

我本來對畫畫有興趣，自從無意間畫出外公那張畫，我更加認真練習線條，也看了一些繪畫書籍。首先，我被畢卡索的畫吸引。他扭曲畫圖的風格，真的很像我的世界觀，這樣的世界有一種美，不是透過眼睛觀看的世界，而是透過心靈釋放出來。我也開始接觸更抽象的畫，發現這世界都是美麗的抽象畫。

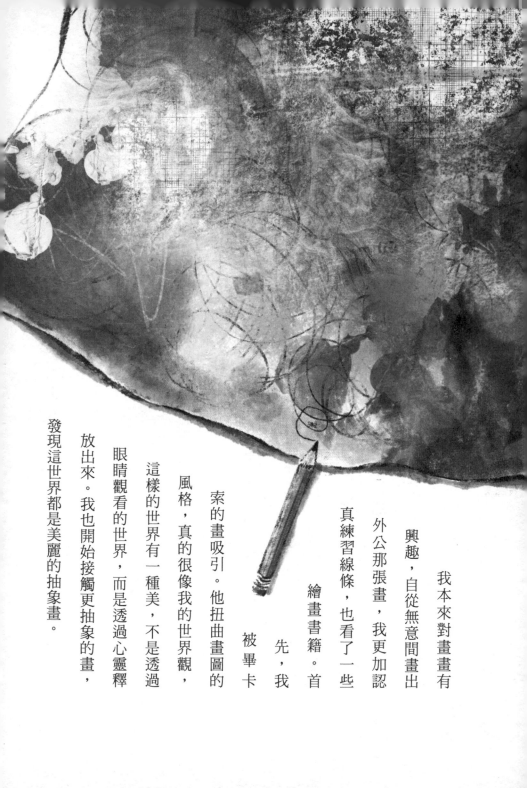

這樣的說法很古怪，但卻是發自真心。我緊張的時候，會用筆畫彈簧圈圈，一圈又一圈的畫。這件事情有個起源，有一次小蟲子掉落課本上，我用原子筆不斷畫圈圈困住牠，那隻蟲子爬到哪兒，我就不斷在牠四周畫圈圈。這變成了我的嗜好，常常拿紙來畫出漩渦，這樣也算是在畫抽象畫吧！之後，我會蹲在水灘旁邊，觀察散開的彩色柴油痕；我站在馬路邊，看著被路殺的乾燥蟾蜍皮；我蹲在榕樹下，凝視層層疊疊的樹葉，看起來變得很繽紛。連我上廁所都看著壁癌，那是絢麗的圖畫，我每次都看得入神，要等媽媽第三次敲門，我才會起身離開。

王校長之前看到被踩爛的羊大便，對我們說，「有時候換個心情來看，生活更有樂趣，那些被踩到的羊大便，像不像一幅抽象畫啊？」我覺得他講得非常對。

全世界都是藝術品，等著你去發現，包括老鷹噴在牆上的大便。

除了真正的「畫山畫河畫日出」的寫實畫，我也學習畫抽象畫，我把水彩擠到圖畫紙上，然後把圖畫紙擠壓，用力一擠一夾，運用各種力道，一幅抽象畫就出現了。色料迸出一隻蝴蝶、蜻蜓、青蛙，有時像一朵雲，這也成了另一種「畫山畫河畫日出」，畫風也挺可愛。

「用老鷹大便畫圖，這的確是創意。」沒想到外公也說。

「創意？」飯太碎瞪大眼，「要是老鷹大便能畫圖，那我不是每天在馬桶噴出世界名著。」

「你那是沒有意識的創造，真正的實踐創意，就是一種創造力，解決問題就需要創造力，像是王校長靠羊除草，這樣的想法，就是一種創造力，雖然最後沒有成功，因為創造力需要修改，不是一次就到位。」外公說。

「也是。」

「創意也需要負責任，這也是很重要的概念。要是一個人每天想著，怎麼樣才能不寫作業，那只是有創意的點子，不但自己不負責，也令老師頭疼啦！」

外公很重視創意，我聽他說「創意」、「創意」、「創意」無數次了。

「外公，為什麼一你直提創意呢？是不是你很調皮？」我忍不住問。

外公從羊舍的草堆上，抽出一根芒草，隨便編了幾下，瞬間成了一隻雞。我拿過來仔細觀察。草雞維妙維肖、模樣凶狠的樣子，以彷彿要迎戰的姿態，迎擊我嘴裡呼出來的氣。真不知這世界上，什麼是外公不會的？

外公說，一根野草編成的雞，需要的是技術，但是想到能這樣編的人，需要創意才行。他又說，以前的電話是座機，要用手搖把柄發電，通話之後找那頭的接線生，才能接通兩端的電話。後來變成圓盤式撥碼電話，再來是按鍵式撥號，用手指按鍵就能撥通。

現在的電話變成手機，連按鍵都沒有，只剩下一個螢幕，手機不需要任何電線，透過無線電傳輸，這種進步是過去的我們想不到的呀！街上不少年輕人拿著手機，玩遊戲、找資訊、收信、買東西、地圖導航、聽音樂與看電影，將世界整個改變了，手機已經變成超級電腦，改造了人類的生活。

「真的是這樣耶！」雷達說話了，他說得很慎重，看見大家轉頭看他，才說：「現在連電腦都變成神明了，帶著手機就是帶著神明。」

「又在講什麼『大神』了。」飯太碎說。

雷達與飯太碎的關係，這陣子掉到低點。面對飯太碎的不屑，這次雷達被激怒了，強調自己絕對正確，「我拜的是谷歌（Google）大神，萬事問它就好了。」雷達說。

「這種硬邦邦的東西，也能算是神明？」飯太碎嘲笑說。

雷達越說越激動，情緒激昂亢奮，為了證明這件事所言不虛，他帶我們去他家拜見「大神」，見證奇蹟的一刻。雷達開啟電腦，打開網頁，保證「大神」有問必答，「問問看，你想知道什麼？我都在上面找資訊，很多人不懂利用網路，只知道拿來玩遊戲，或者看影片而已，我在上面找了很多資訊。」

「怎樣幫助受傷的老鷹回到天空？」我很好奇的問。

鍵入這幾個字之後，谷歌搜尋網路資料，我們點入幾個頁面觀看，得到不少寶貴資料，對拯救老鷹的計畫很有幫助。

接下來，我們又鍵入幾個問題，得到不少好玩的答案，比如「男生為什麼會有乳頭」、「這世界上有耶誕老人嗎」、「有人可以不吃飯而活下去嗎」、「世界上最高與最矮的人幾公分」等等，谷歌會顯示相關訊息，有的答案模稜兩可，有的答案卻答得很妙，簡直是腦筋急轉彎，看得大家哈哈大笑，原來雷達的知識是靠網路「大神」，真是太有趣了。

「鄭秀雯上課愛秀身材的祕密？」我興致來了，想找鄭老師的祕密，她上課的模樣令人印象深刻。

「不可能吧！網路上應該找不到鄭老師的祕密。」雷達說。

「管他的，我們找找看。」飯太碎說，「她是怪胎，說不定真的有祕密。」

「我只是想知道，谷歌大神知不知道鄭老師這個人？」

「要找鄭老師的祕密可以，不過要給出明確的關鍵字，比如用『臺中建功國小鄭秀雯』說不定可以得到更精確的訊息。」雷達笑著說，然後用力按下enter鍵，「大神，發揮你無比的功力吧！」

我們笑到最高潮的時刻，答案終於出現了，谷歌大神顯示鄭老師的訊息，其中兩條是幾年前的新聞。

新聞報導指出，建功國小鄭秀雯老師，幾年前受到大火燒傷腿部，造成二級燒燙傷，如今身穿壓力褲，來治療控制疤痕增生。鄭老師表示，她目前穿的褲子是訂製，類似壓力褲的牛仔褲，這樣讓她行動較自在，而她例假日也協助中輟生輔導工作，前往網咖找迷途的中學生……

這祕密也太大了，嚇到我了。

而谷歌好厲害，難怪叫大神。

第十六章 神奇的畫作

我開始研究老鷹大便了。

協助我認識這項知識的是「鳥叔叔」，我透過谷歌找到他，他是野生動物協會的專業人員。協會原本要帶老鷹回去照顧，但是協會正在搬家，鳥叔叔認為我家後院夠大，用了臨時籠子安置，他每天會來照顧老鷹。鳥叔叔檢查老鷹傷勢，幫老鷹全身觸診，再用特殊的手電筒，檢查老鷹瞳孔的收縮與構造，最後判斷牠翅膀橈骨很健康，但是羽毛受損不少。

鳥叔叔認同我們的想法，這隻老鷹應該被高壓電擊到，雖然沒有大傷害，但是羽毛幾乎燒壞，讓牠喪失飛行能力。

「如果等牠長出新羽毛，可能要等上一年，或者更久一點兒，猛禽不適合養太久，牠的生存本能會下降。」鳥叔叔說，「我們得讓牠加快換『羽毛衣』才行。」

「怎樣加快換？」我問。

「類似去成衣店買新衣服的方法，不過，這得靠運氣，在老鷹換羽毛之前，大家盡力照顧這隻老鷹。」

鳥叔叔還製作了較大的鳥踏，方便老鷹站立。

他教我們排除住家附近對老鷹危害的風險，比如加強門縫防野狗，在圍牆上放上野貓不喜歡的橘皮、樟腦丸或灑上漂白水。我們養在後院的兩隻羊無害，不會對老鷹造成危險，但是要把羊舍關好，羊如果亂走亂晃，可能會嚇到老鷹。

鳥叔叔要我打電話，去彰化的蛋雞場，拿他們免費提供的冷凍小雞，這聽起來很嚇人——公雞不會生蛋，蛋雞場的小公雞會被扔進絞肉機，當成其他養殖動物的飼料，小雞碎料是老鷹愛吃的。

老鷹為了飛翔時不把廢物重量加在身上，腸子進化變短，一天拉屎二十次。我觀察到，老鷹要大便時，身體會往前傾，屁股會提高，後頭牆壁便被噴上一坨稀爛，隔幾天就要拿著水管沖牆壁。老鷹吃得多、拉得多，整面牆壁亂七八糟。

我將六張圖畫紙貼在牆上，剛好是老鷹屁股噴發的寬度。老鷹的肛門真是給力，半天多一點兒時間，就將圖畫紙噴滿了。我將圖畫紙撕下來，還轉著方向讓大便流動，不會流向單一方向，創造視覺的均衡感。

大便的顏色，在陽光照亮下，呈現五彩斑斕，簡直是漂亮的圖畫。

我把圖畫取下來，真像水面流動的夢境，實在夢幻美麗。

圖畫放在太陽下晒乾，經過了一個下午，再去看「畫作」，卻發現事情不如預估的美好，老鷹的大便晒乾了，像是揉成團的垃圾，一點都不像抽象畫，反而像是雞大便。

該怎麼辦呢？糟蹋了六張圖畫紙，真是賠了夫人又折兵。我想起「飯姐」說的話，畫畫要有創意，要有解決問題的能力。我也想起外公說的，實踐創意的過程，比擁有創意的點子更重要。

我靈機一動，想了一個好辦法。

我想到以前玩過的遊戲，用牙刷沾水彩，在紗網上面刷動，顏料透過細孔灑在畫上，噴出各種點狀畫。我要利用這種方法，在大便上「加工」試試看。

我弄來一根廢牙刷，調了水彩顏料，將紗網和板子固定，再調配了各種水彩，刷到老鷹大便圖上，刷了一層又一層，這種方法比畫畫還要累，搞得我雙手都沾滿了水彩。

水彩刷到了大便上，像噴漆一層又一層塗繪，跟大便中和後，顏料被切割成色塊，大便的造型就變了。我好不容易畫完了，手腳和衣服都像油漆工，沾滿了彩色顏料，我感覺好有趣。

外公看了我的作品，整個人愣住了，他往後站兩步，又往前站一步，這樣反反覆覆看幾回，似乎在找觀察焦距，久久之後才說：「家豪，這真是難懂的作品，像旱溪水花的跳動，你真的是把流動的溪水，搬到了紙上面，看得我有點暈。」

「外公，你會頭暈是對的。因為我把畫故意放反了。」我把幾張畫全部倒轉過來。

「難怪，現在看舒服多了。」

「你還有沒有看到旱溪裡有什麼？」

「是老鷹飛翔。」

「真的？」

「畫得太棒了。」

我驚喜得不得了，這畫是上次作品的「變形」，用古怪的方式呈現。看起來是抽象畫，卻有老鷹飛越旱溪的倒影，沒想到外公看出來了。但這也給我警惕，找家人鑑賞作品都不準，除了尖酸刻薄的爸爸，外公對我一直很好，評論肯定不夠客觀。畢竟我在客廳打草稿時，外公還來看過幾回，他知道我要畫什麼。

我把成品秀給雷達與飯太碎看，他們沒看過我畫的草圖。

飯太碎看到我的作品，翻了好幾個白眼，快翻到後腦勺了，然後假裝自己快昏倒，他說，他看到紗窗上色的過程，就像是「一碗美味的牛肉麵，加入了蟑螂粉末」或是「把老太婆化妝成美少女」，這是惡劣的詐騙行徑呀！

雷達的反應比較冷靜，他一手橫在胸部、一手托著下巴，仔細的端詳著圖畫，臉上卻是苦瓜表情，彷彿被老鷹噴出的大便擊中了。他說這張畫作，畫出梵谷《星夜》的色調，但是他擔心我有一天會瘋掉，不只學梵谷割掉左耳朵，還會割掉右耳朵，「把自己搞得像是樂高積木，拆得滿地都是。」

「說真的。」飯太碎說。

「我真的這樣認為……」雷達也說。

然後兩人異口同聲大喊，「怪胎張家豪，你把事情搞大了，你真的成功了，把這幾張畫送出去，嚇嚇鄭老師吧！」

隔天，我把幾張畫交給鄭老師，由她挑出最好的一張參賽。

六張畫疊起來，很厚的一大疊，同學們發出讚嘆，只有趙曉雲冷眼，保持她慣有的不高興，她盛開花朵般的臉很臭，好像發現畫裡藏有老鷹大便。

我交上去了以後，鄭老師每一張都仔細看，看了超級久的時間，最後叫我的名字，要我到講臺前面，對我說：「這畫是你畫的嗎？」

我不說謊話，連連點頭。

「有沒有人幫你畫呢？」鄭老師很謹慎。

我心裡揪了一下，但是我想到，這畫沒「人」幫我。

這是老鷹幫我畫的，但是老鷹不是人。

「老師，絕對沒有『人』幫我畫。」我說那個「人」字的時候，咬字特別用力，強調真的沒有「人」幫忙。

老師不斷點頭說：「好好好。畫得很棒。」

我鬆了一口氣，也覺得被稱讚了。

老師很專心的看畫，抬起頭來跟我說：「我要跟你說，畫得還真不錯，非常有特色。」

我太開心啦！接著說：「是吧？很有創意吧。」

我剛講完這句話，便看到全校最有創意的人——王校長剛走過教室，他頂著一個招牌大禿頭、穿著一雙黑雨鞋，最顯眼的是撐著紅色大傘，竟然在無風無雨的走廊撐傘，是想遮掩他的大禿頭嗎？

原來他撐傘是有理由的，為了防止羊大便從上方掉落。

王校長聽到我講「創意」兩字，停在前門外愣了兩秒，才走進教室裡來，那把大紅傘卡在門外，他使勁用蠻力一扯，整把傘像被狂風吹翻，瞬間翻了過來。

「張家豪，『創意』是很危險的，你帶來的那隻羊，就是太有創意了，不知道躲到哪去了？」王校長提著紅傘走過來。

「我會找出牠的行蹤。」

「再給你七十二小時，這是最後通牒。」王校長把傘骨折回來，說完他轉身就走，沒想到出教室的時候，再度被門卡到，大紅傘又外翻了。

全班表情都很嚴肅，看著王校長古怪的模樣，但是沒人敢笑出來，因為鄭老師下達好幾次命令，要求我們一定要忍住笑意。這真是痛苦的時刻，我們看著王校長再度卡在前門，整個人進也不是，退也不是，我們也覺得自己卡住了，有什麼卡在喉嚨，一股巨大的狂暴笑意想要噴發。

等王校長走了一陣子，鄭老師才說「你們笑吧」。全班頓時狂笑，掉進誇張的瘋狂笑浪，差點無法喘過氣來。

等全班笑完了，鄭老師繼續回到我的畫作，說，「你這幅畫的原料，是怎麼弄的？這麼的厚，又那麼有立體感，畫作的色彩斑斕，還分層次。」

「這個嘛！這是一個祕密。是經過非常困難的程序，才能製造出來的原料，所以是祕密不能說。」我總不能跟老師說，這是老鷹吃的食物，經過腸胃消化，通過肛門噴出來，再被我以刷子紗網噴水彩，精雕細琢、看準方位、挪動色塊，最後才加工而成吧？這個顏料真難以啟齒。

於是我跟老師說是祕密，這是最好的答案。

「既然你不說，我就不問了，我從來不勉強學生。但是這畫真有創意。」老師一邊稱讚，一邊用手撫摸畫作。

我其實有點兒擔心，因為那是大便，老師若知道真相，一定會跳起來洗手。我趕緊說：「我可以回座位了嗎？」

「你是用什麼筆畫的呢？」鄭老師還繼續追問。

我脫口而出：「『肛』筆、牙刷、紗網。」

「鋼筆能畫成這樣，是先用鋼筆素描打底吧！」

我很想解釋是「肛筆」，不是「鋼筆」，但是怎麼能說明白呢？於是我裝蒜的說：「對，我用『肛筆』打底。」

「鋼筆能畫成這樣，太有創意了，太有才華了。」

「謝謝老師的讚美。」

「能夠畫出這樣的畫，真是不簡單，難怪你以前的畫很古怪，真是有志者事竟成呀！畫得這麼好。」

這時候班上傳來激烈笑聲，飯太碎與雷達忍不住了，看見鄭老師撫摸圖畫，又聽見我解釋的「肛筆」，還被鄭老師誇獎，實在忍不住大笑。

鄭老師提高音量，問他們笑什麼？

飯太碎笑得乾咳，一時講不出話。雷達深呼吸一口氣，只能說是「王校長剛剛卡在門口很好笑」。

「你們這兩隻恐龍，知道為什麼叫你們恐龍嗎？」鄭老師有點生氣了，「恐龍很大隻，神經傳導線太長，剛剛看到的笑話，現在才通過腦袋。」

全班頓時發出笑聲，狂笑班上有兩隻史前恐龍。

而飯太碎與雷達還在笑，像發瘋的恐龍。

第十七章 擺脫笨蛋的機會來了

距離小學畢業還剩兩個月，我似乎沒多大改變。

沒錯，我還是常常盯著教室牆壁那句「天生我材必有用」，心想我到底是哪塊料，我還是不知道，但距離廢材好像遠了些，也距離無腦水母遠了些。我也依然看著鄭老師在課堂秀身材，她仍舊穿著很難蹲下的牛仔褲，令有些學生不時噗哧笑出來。

但是關於鄭老師的一切，我再也笑不出來，想像她的腿部被火燒傷，得穿上壓力褲的模樣，她的做作或許是掩藏自己受到的傷害。還有，關於她前往網咖，根據飯太碎的情報網，鄭老師在那次衝突之後就很少去那裡協助中輟生了，偶爾會看到她騎著機車，在街上匆匆過去，並沒有太多八卦。

在我交出老鷹大便圖之前，學校裡有件大事我必須說明。

學校那一陣子的八卦焦點，全放在那隻山羊身上，牠成了一縷幽靈。所謂的一縷幽靈，不是牠死掉變成鬼，而是行蹤飄忽不定。大家看得見牠，卻從來碰不到牠，當大家以為牠不見了，牠卻偏偏從前方優雅走過。我們倒是無所謂，上課無聊的時候，看著窗外的山羊走過去；下課無聊的時候，看著山羊低頭吃草，一天就這樣荒唐過去了。

山羊也成為大家討論的對象，甚至有人成立「獬豸社」，還有人擔任社長，專門研究這隻山羊的習慣，比如「一坨屎不超過十五粒」、「晚上最喜歡睡覺的地方」、「最習慣的吃飯路線」。

我蒐集了很多古怪的資料與觀察，記錄在一本作業簿裡，比如羊膿味可以做「生化武器」嗎？純吃素的羊大便，可以當中藥嗎？羊的瞳孔為什麼是長方形的？長方形瞳孔在牠低頭吃草的時候，怎麼跟地面保持水平？而最近又多了「羊抽菸的習慣是如何造成的」？沒錯，這隻羊竟然會抽菸，造成的原因不詳，正在調查中。

一隻會抽菸的山羊，不會危害大家的生活，卻會危害王校長的地位。

王校長最初從歡迎山羊，感謝牠幫忙學校除草，直到山羊闖入校長室，他才改變對山羊的看法，從此用盡他腦袋蘊藏的知識，瘋狂驅趕山羊，這彷彿成了校長最重要的工作，直到那天……

那天真的太誇張了，早上升旗典禮後，王校長在司令臺上講話，他講什麼沒有人記得，只記得他講話時，口水胡亂噴一通。這時候的司令臺頂棚，慢慢出現了山羊的頭。然後山羊把屁股轉向大家，緊緊撅著肛門擠弄，撒出了十五顆糞便，竟然那麼不偏不倚，全都掉在下方王校長的頭上。

王校長講話講到一半，以為是蒼蠅呢！揮了揮手驅趕，接著發現不對勁，趕緊撥頭髮，還把手掌湊近聞。我們認為他的精神狀況，在這時被神出鬼沒的山羊擊垮了，從此就發瘋了。只見他把假髮拿下來，在半空中甩呀甩，好甩掉那些羊大便。然後王校長瞬間僵住了，警覺自己的

大禿頭曝光，被全校師生看光光，他忘情的大叫一聲，把髒兮兮的假髮扔掉，氣呼呼跑回辦公室，好半天都不出來。

從此他不論在校園的哪裡，都撐著一頂大紅傘，防止羊大便從上方掉落。至於那頂王校長的假髮，不知怎麼搞的，給人戴在了山羊的頭頂，走到哪都有人對牠說「王校長好」。

「王校長好。」這邊的同學大喊。

「王校長，早安，這麼早就在學校爽快拉屎呀！」那邊的同學喊。

「王校長，午安，看你這麼喜歡吃草，連我都想吃素了。」另一邊的同學笑嘻嘻說。

「王校長的眼睛是瞇瞇眼，近視了嗎？」

「王校長，你看起來一副色瞇瞇的樣子。」

「王校長在哪裡？」總有一個小團體，凡是聽到王校長幾個字，就會衝出來抓山羊。他們是「皮在羊糾察隊」，團體大約有九人，是校園內的體育高手，都是跑出全校第一、跳得全校最高、投球速度最快的學生，他們是王校長直接指派來抓羊的。他們也認為這是榮耀。

有幾次上課時，有人朝窗外大喊「王校長在這兒」，激烈的聲響在校園迴盪，「皮在羊糾察隊」馬上從各班衝出來，拿了司令臺旁的逮捕工具，幾個人迅速集合完畢，衝著「王校長在這兒」的聲音跑去。

但是，那頭敏感的山羊，早就一溜煙不見了。

還有一次，我們班在上課，那是個炎熱的日子，空氣中只剩死寂的沉悶，大家猛打哈欠吸氣，無聊看向窗外，因為落葉都比課堂有趣。這時候山羊來了，牠在後門露出兩根橘色東西，身形晃呀晃的，躲起來幾秒之後，才又大膽的露出來，那模樣實在好可愛，大家的精神都振奮起來了。

「王校長來巡堂了，趕快來看。」有人小聲說。

山羊的羊角尖，套了兩顆網球，羊角柱上包著東西，是橘色的發泡防撞條，這是當初防止牠去撞人，或者避免羊角尖勾破紗門，由我裝上去的。

這些怪異的裝飾，成了山羊的招牌。更好笑的是牠的德性，戴著王校長的假髮，再加上瞇瞇眼的委屈表情，很像一種可愛動物，分布在南美祕魯高山地區，就是俗稱「草泥馬」的羊駝。

「王校長好，你的頭髮很酷。」

「王校長，你拉屎的姿勢很帥氣。」

「王校長，你是躲迷藏大王，好厲害。」

「王校長，你是我的偶像。」

「王校長，我的作業簿很好吃喔！你多吃幾口。」

大家王校長、王校長的稱呼，說得嘻嘻哈哈，但是山羊臉上毫無表情。牠的臉帶點冷森森，慢慢從後門經過，往前方的講臺走去，一路上得到大家的目光，模樣真的很大牌。大家可以笑、可以罵、可以逗王校長，但不能去碰牠，一碰牠就溜走了。

「王校長，教室不能抽菸喔！」有人小聲說，然後伸手摘掉牠嘴邊的菸。

「王校長」受了驚嚇，在教室多跑了幾步，腳蹄還發出聲音，到了趙曉雲旁邊。趙曉雲不喜歡「王校長」，因為牠身上有濃濃的生化武器腥味，她把雙腳縮起來，又把屁股挪開座位，最後被逼得站上桌子，還慌亂的跳過三張桌子，最後只剩下嘴巴還能反抗，她大喊：「老師，救命呀！」

站在黑板前寫板書的邱老師，回頭看案發現場，發現山羊跑進教室了，拿起板擦就扔過去。邱老師丟東西沒準頭，手臂運動細胞沒有多少，大概只能用來拿筷子與寫板書，若是丟板擦就失控了，剛好砸到尖叫的趙曉雲。

「王校長在這兒，『皮在羊』，快來抓羊。」趙曉雲對窗外大喊。

「皮在羊糾察隊」馬上從各班衝出來，他們像十萬火急的消防隊，很快衝了進來。邱老師叫大家把前後門堵住，讓山羊沒有地方逃跑了，被困在教室中間。這時從窗戶爬進來的「皮在羊糾察隊」都在笑，這是他們的第十八次逮捕行動，終於可以成功了。他們拿著大網子、繩索與木棒前進，慢慢靠近山羊，看著牠跳到下一張桌子，又跳到下一張，最後上了講臺。

這真是難得的機會，「皮在羊糾察隊」一擁而上，一陣劈哩啪啦，再加上轟隆嘩啦聲響，只見一隻山羊跳進五人糾察隊裡面，把眾人忙得要死不活，接著山羊又跳出來，從窗戶逃出去了，但是那五個人還找不方向。

「王校長跑到廁所了。」有人大喊。

「皮在羊糾察隊」躡手躡腳走進廁所，這又是另一個難得機會，他們聽到隔間裡有動靜，兩個人用身體堵住門，三個人從上頭丟網子，就在那瞬間終於將山羊逮捕歸案了，他們樂得大喊：「終於抓到王校長了。」

「幹什麼抓我？」王校長在裡頭喊。

原來真的王校長在廁所裡，被「皮在羊糾察隊」誤抓了。

王校長氣得衝出來，大罵「皮在羊糾察隊」，罵他們沒有判斷力，連動物與人類都會搞混，然後他一邊走一邊罵，一邊把褲子穿好，還要手忙腳亂扯去身上的網子，最後走到我的教室，當著大家的面對我說：「張家豪，你還剩三十六小時，要是沒抓到你家那隻笨羊，我告訴你，你就……」

「會怎麼樣？」我問。

「你就……」王校長說得支支吾吾。

「會怎麼樣？」

「你就可以擺脫笨蛋了。」校長說完，氣呼呼走了。

第十八章 山羊的祕密基地

還剩十二小時，我們得抓到「王校長」。

我早上七點到校，和飯太碎、雷達在校園大榕樹下碰頭，沒想到「皮在羊糾察隊」已經在操場跑步了。他們幾人是田徑隊，每天很早到校鍛鍊，填滿體育細胞的活力，今天他們也想抓到山羊，把我們這群業餘者比下去，所以他們跑步時，會把手放在身上到處抓，那是標準的挑釁動作。

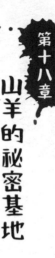

「他們是猴子嗎？老是抓自己。」雷達說。

「我說你只懂很難的知識，簡單的倒是不懂了，他們抓自己，是表示

『皮在癢』，就是臺語『欠扁』的意思，也是他們隊名『皮在羊糾察隊』的意思。」飯太碎說。

「我還以為『皮在羊』是『羊毛出在羊身上』的意思。」雷達說。

「那是什麼意思？」

「跟別人拿到的好處，事實上是來自本身，是一句很有道理的話。」

「沒錯，他們要從我們身上拿到好處，必須付出代價。」

「不是這個意思啦！」

我要飯太碎與雷達不要再吵，已經浪費十分鐘了，他們從昨天傍晚就吵個不停。這裡說明一下，我們的捉羊行動，早就已經開始，但是牠很機靈，可以給人摸、可以給人逗，但是只要抓住牠的項圈，或者抱住牠的身體，牠馬上像一尾泥鰍溜掉。

如果找外公過來，應該很快就可以把羊帶走，因為這是他養的羊，他懂得牠的脾氣，但是外公卻認為，這問題還是交給我們解決。所以我們從昨天下午放學，便留在校園內抓羊，和我們競爭的對手是「皮在羊糾察隊」。我必須坦白承認，我們沒有他們的速度與反應。

我記得昨天傍晚那一場激烈的戰鬥，傍晚放學之後，校內學生都走光了，我們發現山羊在花圃徘徊，牠背肩的皮毛一聳一聳，正在低頭吃晚餐，雷達果然有雷達般銳利的眼睛，率先看到牠的身影。我們慢慢靠近，快要抓住羊項圈時，有人故意從二樓扔下一顆籃球，把山羊給嚇跑了。我抬頭看，扔球的是「皮在羊糾察隊」。他們趕跑山羊之後，火速趕上去圍捕，眼看就要成功了，山羊卻沿著牆上排水管，呼溜溜的爬上二樓去了。這頭羊真是太神奇。

山羊總是像一朵看得見、卻抓不到的烏雲，太飄忽不定了。

今天早上在榕樹下，我和飯太碎、雷達討論一陣子，但沒有得出結論，山羊目前沒有蹤影，也許牠離開校園了，沒有人知道牠去哪裡。上課時間到了，我的腦袋沒有放在教室，不時朝著窗外看，窗外沒有山羊的影子。我把筆記本拿出來，再三研究我的線索：

破案的線索是：羊吃什麼？那是牠常待的地方。

羊的嘴巴老是吃個不停，就像上課老師講個不停。羊的習性是水喝得少，從腸道吸收水分，牠擁有細小的腸子，使糞便呈現顆粒狀。我研究羊的糞便，在裡面發現了菸蒂，牠真是個吃貨，什麼都往嘴裡塞。山羊不停吃東西，學校的矮植物被牠啃光，牠站起來啃得到的植物，像是杜鵑也被牠啃光；牠平常只吃刺莧的葉子，現在連帶刺的莖都吃了；紫花藿香薊是雜花，帶有辛香味的植物，牠也全吃光了。如今牠還願意留在學校，可見學校還有食物，提供牠繼續待在這兒，這會是哪裡呢？

星期三只上半天課，中午之後放學回家，我們繼續留在學校，為了抓羊而奮戰，當然「皮在羊糾察隊」也留下來戰鬥。他們真的很厲害，放學的時候差一點抓到羊，就在學生陸續往門口移動時，戴著校長假髮的山羊，竟然出現在隊伍裡，一副悠悠哉哉的模樣，似乎要跟著大家回家。這引起一陣騷動，尤其山羊拉屎的時刻，同學們興奮的大笑。

「王校長，你的頭髮好可愛。」

「王校長，你也要回家了嗎？」

「王校長，你屎拉完了，要不要衛生紙呀？我有好多紙。」一個同學把衛生紙拿出來，竟然餵給羊吃，只見羊吃完了，他樂得大喊：「你真是餓昏了。」

接下來畫面就誇張了，大家把衛生紙掏出來，那些鬆軟軟的東西，堆成一座小山似的，很快把山羊淹沒在裡頭。牠露出一個可愛的頭，啃呀啃，嚼呀嚼，把沒有味道的紙，當成可口的棉花糖吃，完全沒有發現「皮在羊糾察隊」靠近牠。

「皮在羊糾察隊」先是衝過來，再慢慢圍住一大坨衛生紙，這叫「甕中捉鱉」，山羊這下要被活捉了，連在二樓看戲的我，都覺得遊戲結束了。

飯太碎非常不甘心遊戲就這樣結束，他快步跑過去，用盡了吃奶的力氣，他的汗水像灑水系統甩出。就在「皮在羊糾察隊」跳進去，準備放手抓羊時，飯太碎先跳進去了，把衛生紙炸得滿天飛，現場一片混亂，到處是叫罵聲。最後只看到飯太碎英勇的抓住羊角，他兩腳有點懸空，被羊拖著到處跑，消失在校園角落。

那真是驚險的一幕，我趕緊跑去幫忙，追了過去。

在校園角落的欄杆旁，飯太碎躺在地上呻吟，看起來應該沒什麼大礙，他不久就站了起來，雙手拍了拍褲子，安靜看著不遠處的山羊。

「皮在羊糾察隊」也趕來了，一群人冷冷看著山羊。

我和雷達也也冷冷看著山羊，還有山羊旁邊的幾個人。

山羊叼著兩根菸，眼神很空洞。給牠抽菸的人，是幾個小混混，他們從學校欄杆外把菸遞進來，這幾個混混常在校園的圍牆外頭徘徊，他們待過的地方留下許多垃圾：沒喝完的手搖杯放在人行道的椅子上；喝完的蠻牛飲料罐往欄杆砸碎；菸蒂與檳榔渣吐在圍牆上；他們還把曼陀珠放進可樂瓶，尖叫著看泡泡亂冒，弄得到處都是螞蟻。清掃這個區域的學生，都知道這幾個垃圾人。他們常常從欄杆外探手，把菸遞給山羊抽，山羊就叼著到處走，今天是我第一次親眼看到，而且一次給兩根菸。

「你們看山羊抽菸，像不像是廟會裡拜神的長角羊？」一個燙金髮的年輕人，得意的笑著說，「喂！就是你。」

「怎麼了？」我驚訝問。

「來，抽根菸……」金髮人遞來一根菸。

「我討厭菸。」

「現在的小學生很囂張喔！」金髮人臉上很不高興，看了他的同伴，然後轉頭對我說，「小朋友，你是勇敢的人，勇敢的人都會說實話，跟那個鄭老師很像。」

「是嗎？」

「但是勇敢也很危險，你可以幫我傳話給鄭老師嗎？」

「什麼話？」

「叫她不要太雞婆，要是她愛管閒事，小心騎機車輪胎破掉了，或是路上被什麼東西砸到頭。」

「不要。」我堅定說。

金髮人和他的同伴看著我，目光非常冰冷，露出嚇人的凶光。誰知道下一秒，金髮人發出哈哈的笑聲，然後從欄杆伸手進來，突然抓住雷達的手臂。雷達瞬間嚇壞了，被勒住的手縮不回來，我們與「皮在羊糾察隊」都愣住，只有安靜抽菸的山羊不受干擾。

我靈機一動，捏了山羊的屁股，山羊猛然朝金髮人的手臂撞下去，牠嘴上的菸也把他燙傷了。金髮人非常生氣，頭髮像是火焰燃燒，把手搖杯膠膜撕開，用裡頭的冰塊敷住傷口。幾個網咖少年火大了，隔著欄杆要修理山羊，臭罵牠幾句話後，拿起石頭砸牠，直到山羊跑掉，他們的怒氣還沒有熄滅，我們只好趕快逃跑，以免被怒火燒到。

我們跑回操場，不斷喘著氣。

雷達拍著胸口說，「好險，要不然就被拉去網咖了。」

飯太碎說，「那幾個傢伙，應該是來找鄭老師的碴，以前常常看到。」

雷達與飯太碎說個不停，一個說見鬼了，一個說倒楣八輩子，兩個人罵完之後，安靜的看著我，說：「家豪，你嚇壞了嗎？怎麼沒反應。」

「我在想，如果我是被石頭砸傷的山羊，我要躲到哪？」

「當然是躲在祕密基地。」

「是的，山羊的祕密基地在哪？」我看著不大的校園，牠會躲在哪個角落？

「家豪，你瘋了嗎？」飯太碎驚訝的說。

「你在幹麼？」雷達說。

他們會那麼驚訝，是我蹲下身體，在地上爬行。我爬行的姿勢古怪，手掌碰著地，腳有點直立，像是狒狒走路。飯太碎與雷達說我瘋了，以為我被剛剛那群不良少年嚇壞了。我並沒有瘋，只是學羊走路，找出牠可能躲藏的方位。經過我的一番解釋，飯太碎與雷達這兩傢伙，不知道是好玩，還是夠義氣，也學起我走路的樣子，他們說這叫「有福同享、有難同當，有大便一起踩」，但兩個人大部分的時間，是努力閃開地上羊大便，只有我邊爬邊瞧，想找出山羊在哪兒？

山羊會在哪裡？

山羊的瞳孔是長方形的，在牠低頭吃草的時候，也轉到跟地面保持水平。我的視線保持水平，從地面往四周看，我看到「皮在羊糾察隊」在操場邊對我嘲笑，還看到走廊的老師，對我的爬行遊戲指指點點。我不理會他們，繼續爬行，看到遠處校工抓抓頭，警衛雙手插腰。我繼續爬行，爬過那棵校園最大的榕樹，回頭看見飯太碎與雷達，他們兩人抱怨：「這樣太蠢了。」

這模樣真的好笨，感謝他們跟我一起笨。

他們倆靠在榕樹下，用樹根刮掉手上的山羊屎，像兩個可憐兮兮的人類，完全不像是山羊。在榕樹下，我們三個人看著彼此，突然笑了出來，好朋友就是這樣吧！可以一起做蠢事。

忽然，榕樹掉下小果實，落出一串聲響。

我們躲不掉，被狠狠擊中，彼此又笑出聲響。

然後，我發現掉下來的不是果實，是黑黑的羊大便。我往榕樹梢看去，在樹葉濃密的樹杈上，看到了灰色身影。原來這棵百年的老校樹，是山羊的祕密基地；原來牠平常躲在這裡，吃著樹上鮮嫩的榕樹葉。山羊是爬山的高手，爬這棵樹絕對不困難，是我疏忽才沒有發現牠的基地。我雙手環抱樹幹，嘗試了兩下想爬上去，最後還是靠著飯太碎與雷達，用力頂著我的屁股，讓我爬上樹，慢慢朝上方前進。

「喂！你們幹什麼？」

「幹什麼？當然是來抓羊的。」

「是我們先發現的。」

「發現有什麼用，要先抓到才有用。」

我低頭往下看，一個猴子似的人往上爬，他是田徑隊的王通。王通一百公尺跑十二點三五秒，這不過是一個人深呼吸的時間，快得連空氣都被他跑過的旋風捲走，於是你得吸第二次補足空氣。這是個好譬喻，因為我還沒喘個夠，王通已經爬到我腳邊了，他晃幾下、盪幾次、笑幾聲，就輕鬆朝山羊竄了去。

這時樹下的「皮在羊糾察隊」發出激烈掌聲，宣布遊戲結束了。

遊戲還沒結束，山羊幾個跳竄，換到另一根榕樹枝條。如果看過武俠電影的人，絕對能想像這場面，一隻山羊彷彿站在竹子上，身形搖搖晃晃，順著風吹動的方向擺動。

現在，靠風決定一切了。

這隻山羊，一下往王通那邊晃，一下朝我這邊晃。

風也會偏心，眼看樹枝要晃向王通，我靈機一動，從口袋掏出白花花的東西，往山羊那邊伸過去。那是鹽巴。

自從山羊舔掉我作業本上的眼淚，我有了大發現，牠不是喜歡我的眼淚，是喜歡我淚水裡的鹽巴，而我也發現，校園角落的那棵鹽膚木，樹幹早已光禿禿，肯定是被山羊啃光，因為那種樹的樹皮會分泌鹽分，牠需要鹽巴，牠耗在學校那麼久，一定需要這個東西。

風會偏心，山羊

也會偏心。這世間的道理，會按照某種方式進行，只有懂得觀察的人，才能懂得這份道理。

山羊果然往我這邊跳來，舔著我掌心的鹽巴，我輕輕拉住牠脖子，再掛上羊鈴，拴上了繩子，帶牠下樹。

到這裡，羊鈴響噹噹，遊戲結束了。

第十九章 老鷹飛翔的天空

我還記得那天升旗時，天空是什麼風景。

我仰望天空，天藍得刺眼，像藍色牽牛花的顏色。坦白說，這樣藍的天空，其實很無趣，只有一種顏色的天空，是孤單的天空，因為沒有老鷹陪襯，天空需要鳥類飛過去。我想像自己是後院那隻老鷹，展開雙翅飛翔，從天空俯瞰我即將畢業的小學。

這間學校有一個操場、兩百公尺的跑道、一棵茂密的大榕樹、一個小型的跳遠沙坑、一座蒼老的司令臺，還有貼著白磁磚的教室。如果從老鷹的角度，往下俯瞰我的學校，五百多位學生的升旗隊伍中，大家看著校長講話，只有我非常不合群，看著天空發呆，數落天空只有藍色。而我身旁的雷達，他摳下手肘上的痂，彈到趙曉雲頭髮上，飯太碎看了竊笑，覺得很爽。

鄭老師站在太陽下，從緊貼的牛仔褲口袋，拿出手帕擦汗，褲子影子那麼細瘦，依舊能支撐她受傷的人生。而王校長在司令臺講話，他歷經被山羊惡整的悲壯，覺得露出自己本來面目——禿頭，也是不錯的選擇。他最初遮遮掩掩的缺陷，在大家眼裡再是正常不過，反而沒有人再把這個當話題。

我不在意校長講什麼，也沒理由專心聽，如果你想像自己，在校園上凌空飛行，翅膀下竄著微微的風，還會在乎人類在講什麼嗎？直到同學叫我，連趙曉雲都投過眼神，我才猛然驚醒，是發生什麼事了嗎？

「家豪，你完蛋了。校長叫你啦！你闖禍了。」有人說。

「校長叫你上講臺。」有人說。

我還是不相信，校長吃飽沒事，幹麼叫我呢？羊早就抓到了呀！

王校長站在司令臺上，再次清理喉嚨，以破嗓聲說：「張家豪同學，趕緊上講臺來，請出列。」

我實在很驚慌，被同學一手推出去，發現自己布鞋開口笑了，衣服還有點骯髒，竟然要被叫上司令臺，我不知怎麼站上去。只見操場黑壓壓的人頭，樹上蟬聲叫得特別響亮，我心裡琢磨著，我到底犯了什麼錯？是破襪子扔到誰的抽屜，還是鼻屎黏在誰的桌子下，被人發現了啊？

王校長看著我，說：「你們看家豪同學，樣子特別髒，專長是掉作業本，還把山羊帶來學校大鬧……」

全校都笑了，笑得很大聲。我很想變成一隻老鷹，飛離這該死的司令臺，到高高的藍天上飛翔。

王校長接著說：「別看他個子矮小，老是流鼻涕。但是這樣的同學，只要有志氣，就能夠成功。我們建功國小，創校六十年來，在畫畫的比賽裡，從來沒有人得過全國獎，家豪得到第二名，這是本校有史以來第一次，有人代表本校比賽，竟然得了全國第二名。」

我聽到這訊息，頭腦亂哄哄。

「全國第二名，獲得獎學金五千元。校長再獎勵一千元，此外獎品還有美術用具。校長非常的開心，額外送一本書……」

我樂得快昏倒了，以為自己聽錯了。

臺下黑壓壓的人都在鼓掌，提醒我的耳膜，這是千真萬確的訊息，這不是我夢寐以求的事嗎？竟然真的實現了。

我走回班級隊伍裡，同學紛紛拍我的肩膀，說我狗運真好。

只有趙曉雲，她故意不看我，一副不以為然的樣子。

同學紛紛跟我說，「不會吧！你怎麼可能會畫畫？」

我提高音量說：「我是大畫家，難道你不知道嗎？」

過了一個多星期，得獎的那張畫，終於送回來學校，擺在公布欄展覽。

我偷偷跑去公布欄，果真是那張抽象畫，那張老鷹大便的畫，現在可是大名鼎鼎的得獎畫了。我心裡大石頭放下來，得意極了，下課沒事就走到公布欄，瞥一眼老鷹大便的曠世巨作。

「我真不懂，這是在畫什麼？好難懂。」趙曉雲走過來說，「能告訴我，你在畫什麼嗎？」

「畫出我心中的願望。」我回頭說。

「你的願望是什麼呢？」趙曉雲下了決心，打破砂鍋問到底，但是看到我不想講的模樣，她說了一些令我窩心的話，「比賽輸給你，我當然不甘心，我常來這裡看這張畫，起初看還真難看，感覺真難懂，但是看久了，我承認它有一種令人驚喜的美麗。」

「謝謝你的讚美。」

「我不會就此認輸的，總有一天，我們還會再比一次……」

「天空。」我打斷她的話，轉頭看著她。說真的，她是一個美麗的女孩，那種一個微笑，就會贏過滿園薔薇的女孩，可是她的眼裡只有輸贏。於是我再度強調的說，「我畫的是微笑的天空。」

不久，趙曉雲送了我一個微笑。

我不知道，趙曉雲真的看懂了嗎？關於那張老鷹大便的畫，她看得懂天空的心情嗎？不過，我想外公看得懂這張畫，畢竟我畫的是旱溪的天空，我也深深記得，那天早上的旱溪天空，那是我送走外公時的顏色。

那天外公要回山上了，他把行李捆在三隻羊背上，羊鈴響遍了小巷子，叮叮噹噹真好聽，這鈴聲恐怕要很久聽不到了，要很久很久之後才會再回來，或許永遠不會回來了。於是我送外公一段路，路上兩人都沒有講話，只有鈴聲叮叮噹噹說遍我的心事。

不久之後，我們來到旱溪大橋，橋上車水馬龍。

「我們不走橋，走河過去吧！」外公說。

我輕輕點頭，這是最佳的想法。

我們走過芒草叢，溪石看起來凌亂，但是充滿美感，旱溪每年都會利用大水，重新畫這幅抽象畫。如今河水輕淺，我們涉過的每步，都在淡淡的石頭綠苔上留下記號，在河水的中央，溪水輕輕吟唱，偶爾有水鳥飛過，河面充滿陽光跳躍的光痕，我就在這裡抬頭，看著旱溪的天空，輕輕的風、灰灰的藍、淡淡的雲，這次的天空又深深烙印在我的心底了。

「今天的天空，真像你得獎的畫，那張老鷹大便畫。」外公說。

「未來的天空也是吧！」我說。

我和外公兩人就這樣大笑，一起看著天空，看著車水馬龍的大橋。

離別的時刻到了，我們總是抱怨著，時間過得好快，要不是選擇過溪送別，我不會記得這一刻。我們站在溪裡頭，在天氣炙熱的日子裡，溪水特別的冰涼，我感覺這片天空，不再是遙遠的想像，而是化成了流水撫過我們，有種鬆鬆軟軟的感覺，有種雲朵窩在腳邊的纏綿。

我也將會永遠記得，同一天下午的天空顏色。

送走外公之後，「鳥叔叔」騎著摩托車來了，來為老鷹進行「器官移植」的手術，加速幫牠回到天空。這項手術看來簡單，做起來還真需要技術。

所謂的「器官移植」，是將死亡的老鷹羽毛，移接到受傷的老鷹身上。「鳥叔叔」從機車箱拿出一個布包裹，裡頭是一隻死掉的大冠鷲，肚子有縫合的痕跡。鳥叔叔說，這隻大冠鷲昨天死掉了，沒有明顯外傷，死因不明，取出牠肚子的鼴鼠殘骸化驗，有過高濃度的農藥反應。可能是農田裡的老鼠被農藥毒死，老鷹又吃下老鼠，食物鏈造成中毒。

我們三人，我、雷達與飯太碎，協力把受傷的老鷹躺放在桌子上，用布蒙住牠的上半身，輕輕展開牠的大翅膀。鳥叔叔拔下死去大冠鷲的尾區和翼區的長羽毛，用了特殊的黏膠，黏接在老鷹的舊羽毛上，那真是高明工夫，把兩根粗粗的「羽軸」黏合，並黏上有韌性的小竹枝，讓兩根羽毛緊密結合，這就完成「器官移植」了。

鳥叔叔說，老鷹飛翔需要等羽毛長好，這要等好幾個月。好幾個月的時間，對人類來說並不長，只要荒唐過日子就過去了，但對受傷的老鷹來說，卻是無比珍貴，牠越早回到山林越好。利用嫁接羽毛的方式，可以幫助老鷹早點回到山裡生活，等到牠自己的新羽毛長出來，嫁接的舊羽毛會跟著脫落。

炎熱的夏季即將來臨的下午，地表充滿了熱氣，形成上升氣流，有利於老鷹展翅離開地面。我們把牠帶到旱溪河堤，打開塑膠籠子，讓牠自己走出來。我們站在較遠的地方，不去驚擾到牠。

離別的時刻到了，老鷹凝視前方，脖子往前輕輕探，便揮動大翅膀，毫不猶豫的飛翔，瞬間飛到十幾公尺外，一呼溜之間，由一陣上旋氣流帶到空中去了。

我們看著老鷹越來越高，終於凝聚成一個黑點，牠展翅恣意翱翔。

夏日的天空，真的不可以看太久，陽光好刺眼，還有一種令人窒息的空曠，老鷹終於找回牠的地盤了。

我有種感覺，我就是老鷹，也得到天空了。

老鷹越飛越高，繞圈子盤旋，彷彿消失了。

我對著天空看太久，眼睛稍微閉上休息。我聽到飯太碎說，老鷹飛到哪兒？我聽到雷達說，老鷹在那兒啦！我聽到他們還在尋找老鷹的身影，最後兩人說老鷹不見了。

我閉著眼睛，心裡想的是，夏天來臨之前，外公帶著山羊回山上，他順著山徑往上走，蜿蜒的山路像繩子般，一圈圈的把山捆起來，他總是在山路最曲折的地方回頭，眺望臺中盆地這條蜿蜒多情的旱溪。

我仍舊閉上眼睛，心裡想著夏天來臨之前，我沒有挽回爸媽的婚姻，也沒挽回我在爸爸心中的地位，仍舊是那副笨模樣。但是我知道，我有了能力，面對夏天結束後的國中生活。

然後，我停止我心中的想像，面對現實，睜開眼迎向刺眼的天空……

老鷹飛走了，牠帶走我所有的心情，把我的心情貼在天空裡。

我仍聽到牠的「呼、呼、悠悠呀」叫聲，聲音高昂。
老鷹也沒有飛走，牠永遠飛在旱溪的天空。
天空更加不同了。
從此不同了……

少年天下系列 —— 079

山羊、老鷹，還有我的帕加尼

作　　者｜李崇建、甘耀明
繪　　者｜貓魚

責任編輯｜李幼婷
封面設計｜BIANCO TSAI
內文排版｜林子晴、旭豐數位排版有限公司
行銷企劃｜葉怡伶、陳詩茵

天下雜誌群創辦人｜殷允芃
董事長兼執行長｜何琦瑜
媒體暨產品事業群
總經理｜游玉雪
副總經理｜林彥傑
總編輯｜林欣靜
行銷總監｜林育菁
副總監｜李幼婷
版權主任｜何晨瑋、黃微真

出版者｜親子天下股份有限公司
地址｜台北市 104 建國北路一段 96 號 4 樓
電話｜（02）2509-2800　傳真｜（02）2509-2462
網址｜ www.parenting.com.tw
讀者服務專線｜（02）2662-0332　週一～週五：09:00~17:30
讀者服務傳真｜（02）2662-6048　客服信箱｜ parenting@cw.com.tw
法律顧問｜台英國際商務法律事務所・羅明通律師
製版印刷｜中原造像股份有限公司
總經銷｜大和圖書有限公司　電話：（02）8990-2588

出版日期｜ 2022 年 7 月第一版第一次印行
　　　　　2024 年 5 月第一版第二次印行
定價｜ 360 元
書號｜ BKKNF072P
ISBN ｜ 978-626-305-248-2（平裝）

訂購服務 ——
親子天下 Shopping ｜ shopping.parenting.com.tw
海外・大量訂購｜ parenting@cw.com.tw
書香花園｜台北市建國北路二段 6 巷 11 號　電話（02）2506-1635
劃撥帳號｜ 50331356　親子天下股份有限公司

立即購買 >
親子天下 Shopping
有聲故事書

國家圖書館出版品預行編目資料

山羊、老鷹,還有我的帕加尼/李崇建, 甘耀明文 ; 貓魚圖. -- 第一版. -- 臺北市 : 親子天下股份有限公司, 2022.07
264面 ;14.8X21公分. -- (少年天下 ; 79)

ISBN 978-626-305-248-2 (平裝)

863.59　　111008169